Jan Beinßen

Mord im Santa-Express

PIPER

Zu diesem Buch

»Last Christmas, I gave you my heart ...« Der alte *Wham*-Hit drang aus dem Kopfhörer des Mannes, der neben ihm am Bahnsteig stand. In der riesigen Halle des Hamburger Hauptbahnhofs glitzerte und leuchtete es. Doch weder bunte Girlanden und Lichterketten noch der üppig geschmückte Baum in der Vorhalle konnten Bruno Häusler in weihnachtliche Stimmung versetzen. Ihm war einfach nur kalt, und er konnte es kaum erwarten, an seinem reservierten Platz die Beine auszustrecken und die Augen zu schließen.
Im Zug machte er es sich gemütlich und vertiefte sich in seinen Krimi, als plötzlich kein geringerer als der Weihnachtsmann höchstpersönlich ihm einen Schokonikolaus reichte. Nun ja, sein Kostüm war vielleicht etwas zu klein geraten, aber der Rauschebart saß. Eine nette Geste, fand Bruno und lehnte sich zurück. Er ahnte nicht, dass diese Fahrt ganz anders verlaufen würde, als er es erwartete.

Jan Beinßen, Jahrgang 1965, ist gebürtiger Niedersachse und lebt mit seiner Familie bei Nürnberg. Der langjährige Journalist der Abendzeitung schrieb zahlreiche Kriminalromane, darunter die beliebten Franken-Krimis mit Ermittler Paul Flemming sowie verschiedene Frankreich-Krimi-Reihen unter Pseudonymen.

Jan Beinßen

MORD
IM SANTA-EXPRESS

Kriminalroman

PIPER

Mehr über unsere Autoren und Bücher:
www.piper.de

Wenn Ihnen dieser Kriminalroman gefallen hat, schreiben Sie uns unter Nennung des Titels »Mord im Santa-Express« an *empfehlungen@piper.de*, und wir empfehlen Ihnen gerne vergleichbare Bücher.

FSC
www.fsc.org
MIX
Papier aus verantwortungsvollen Quellen
FSC® C083411

Originalausgabe
ISBN 978-3-492-30162-6
Oktober 2020

Redaktion: Uta Rupprecht
Umschlaggestaltung: zero-media.net, München
Umschlagabbildung: Finepic®, München
Satz: Fotosatz Amann, Memmingen
Gesetzt aus der Kepler
Druck und Bindung: CPI books GmbH, Leck
Printed in the EU

HAMBURG HBF

»LAST CHRISTMAS, I GAVE YOU MY HEART …«

Der alte *Wham*-Hit drang aus dem Kopfhörer des Mannes, der neben ihm am Bahnsteig stand und wartete. In der riesigen Halle des Hamburger Hauptbahnhofs, wo sie die weit gespannte Decke aus Stahl und Glas vor dem eisigen Regen draußen schützte, glitzerte und leuchtete es aus allen Ecken. Doch weder bunte Girlanden und Lichterketten noch der üppig geschmückte Baum in der Vorhalle konnten Bruno Häusler in weihnachtliche Stimmung versetzen. Ihm war einfach nur kalt, und er konnte es kaum erwarten, sich auf seinen reservierten Platz zu setzen, die Beine auszustrecken und die Augen zu schließen. Vielleicht gelang es ihm sogar, ein Weilchen zu schlafen, während der Zug den Bahnhof verließ.

Müde genug war er, hatte er doch noch bis zum späten Nachmittag in der Praxis gesessen und Abrechnungen bearbeitet. So kurz vor dem Jahresabschluss konnte er den Papierkram ja nicht einfach liegen lassen. Und seit der Trennung von seiner Frau, die ein Händchen für alles Buchhalterische hatte, blieb diese lästige Tätigkeit an ihm, dem Mediziner, hängen.

In den letzten Tagen hatte ihn seine Arbeit so sehr in

Beschlag genommen, dass er nicht einmal dazu gekommen war, Geschenke für seine beiden Kinder zu kaufen. Kinder – was für ein unpassendes Wort für zwei fast erwachsene Menschen. Aber egal, in welchem Alter der Nachwuchs auch war, für ihn würden sie immer seine Schützlinge bleiben, deren Lebenswege er mit wohlwollender Kritik begleitete, wenn auch aus großer Distanz. Denn die Scheidung vor zwei Jahren hatte die Familie zerrissen und in entgegengesetzte Richtungen getrieben. Er lebte und arbeitete in Hamburg, seine Frau und die Kinder wohnten in München – viel weiter entfernt ging in Deutschland kaum.

Er trat seine Reise also mit leeren Händen an. Was wohl niemanden überraschen würde. Letztes Weihnachten war Bruno Tochter Lisa und Sohn Max ebenfalls ohne Präsent gegenübergetreten, aber er hatte sie stattdessen zu einem gemeinsamen Musicalbesuch eingeladen. Sie fanden es »cool« und unkonventionell, zumindest hatten sie das ihm gegenüber behauptet. Diesmal würde er es ähnlich handhaben. Ihm blieb im Zug ja ausreichend Zeit, um darüber nachzudenken, über was sie sich freuen könnten.

Eine blecherne Stimme kündigte die Ankunft des ICE 885 »Hans Fallada« an, wenig später sah Bruno die Frontlichter des schnittigen Zuges am Ende der Halle auftauchen. Überpünktlich, wie Bruno mit einem Blick auf die Uhr feststellte. Also würde der ICE planmäßig um 18:01 Uhr weiterfahren, um schließlich gegen 23:40 Uhr am Münchner Hauptbahnhof einzutreffen. Dies war die letzte durchgehende ICE-Verbindung an Heiligabend.

Der Triebwagen rauschte an ihm vorbei, es folgten Waggons der ersten Klasse, dann der Speisewagen mit dem charakteristischen Buckel auf dem Dach und dahinter die zweite Klasse. Als der Zug zum Stehen kam, brauchte Bruno nur ein paar Schritte zu gehen, um seinen Wagen mit der Nummer 9 zu erreichen. Im getönten Glas der Tür fing er für einen Moment sein Spiegelbild auf und erschrak, wie erschöpft er aussah. Lag das allein am Stress der Vorweihnachtstage, oder setzte ihm die Nervosität vor einem der seltenen Familientreffen zu?

Mit einem leisen Zischen öffnete sich die Tür. Bruno ließ eine ältere Frau aussteigen, dann hob er seinen kleinen Reisekoffer an und nahm die zwei Stufen in den Vorraum des Waggons. Mit ihm stiegen nur wenige andere Reisende ein. Kein Wunder, wer fuhr denn am Abend des 24. Dezember noch mit der Bahn?

Die Glastür vor ihm glitt auf, und Bruno betrat den Großraumwagen der zweiten Klasse. Das Licht war angenehm gedämpft, die Temperatur wohlig warm. Wie er gleich merkte, hätte er sich die Kosten für die Sitzreservierung sparen können, denn außer ihm hielt sich in diesem Waggon kaum jemand auf. Bruno verstaute seinen Koffer im Gepäckfach. Dann wickelte er seinen Schal vom Hals, zog den Mantel aus und legte beides daneben. Er setzte sich und stellte die Sitzposition so ein, dass er sich bequem nach hinten lehnen konnte. Allmählich wurde er ruhiger, und die innere Anspannung ließ nach.

Während er seine Blicke über die Mitreisenden gleiten ließ, dachte er darüber nach, weshalb diese Leute wohl den Spätzug gewählt hatten. Die alte Frau dort zum Beispiel, die so bekümmert wirkte: Hatte sie einfach nur dem Gedränge in den vorweihnachtlichen Zügen entkommen wollen und sich deshalb für den letzten ICE entschieden? Oder war sie verwitwet und wollte der Einsamkeit am Heiligabend entrinnen, indem sie sich durch die winterliche Landschaft fahren ließ? Oder der Fahrgast mit dem Handy am Ohr: Der Kleidung nach könnte es sich um einen Geschäftsmann handeln, der es nicht früher geschafft hatte, zu seinen Lieben nach Hause zu kommen. So emsig, wie er telefonierte und dabei gestikulierte, konnte man annehmen, dass er sogar jetzt noch dienstliche Gespräche führte. Ein junges Liebespaar dagegen, das ein paar Plätze weiter saß, schien nichts von der Welt um sich herum zu bemerken. Den Turteltäubchen, beide um die zwanzig, war es sicher gleichgültig, dass andere um diese Zeit unterm Christbaum saßen und Geschenke auspackten.

Ein Anflug von Wehmut erfasste Bruno, während er das Paar beobachtete. Frisch verliebt zu sein war schon etwas Besonderes, und diesen Zustand der Glückseligkeit an einem solchen Abend erleben zu dürfen, wohl kaum zu übertreffen. Wie gern hätte Bruno die Uhr zurückgedreht bis zu der Zeit, als er selbst bis über beide Ohren verliebt gewesen war. So große Gefühle, lang, lang war das her. Und die Liebe von einst längst erkaltet.

Momenten wie diesen versuchte Bruno meist zu entgehen, denn sie taten ihm weh. Lieber stürzte er sich Tag für Tag in seine Arbeit und widmete sich seinen kleinen Patienten. Seine Profession als Kinderarzt half ihm dabei, denn er empfand diesen Beruf als ungemein erfüllend. Zumindest dann, wenn er sich nicht gerade um die Abrechnungen und den oftmals zermürbenden Briefwechsel mit den Kassen kümmern musste ...

Mit einer Folge pfeifender Signaltöne schlossen sich die Türen. Gleich darauf setzte sich der Zug in Bewegung. Bruno schaute aus dem Fenster auf einen fast menschenleeren Bahnsteig. Lediglich ein Speisewagenbelieferer hielt sich noch draußen auf und ein Mann in Jogginghosen und Parka, der Mülleimer nach Pfandflaschen durchwühlte.

Als der Zug die schier endlose Bahnhofshalle verließ, wurden Bruno und seine Mitreisenden von der winterdunklen Nacht umhüllt. Er betrachtete die regennasse Stadt, auf deren Straßen sich die Lichterketten spiegelten.

»Guten Abend, hier spricht Ihr Zugchef.« Die Durchsage ließ Bruno aufhorchen. Eine freundliche Stimme hieß alle zugestiegenen Fahrgäste willkommen, wies auf das reichhaltige Angebot im Speisewagen hin und kündigte den nächsten Halt in Hannover an. Bruno hörte nur mit halbem Ohr zu und widmete sich wieder dem, was er draußen noch erkennen konnte.

Mit Ausnahme einiger Taxis und Busse waren keine Fahrzeuge mehr unterwegs. Er sah die Fassaden von verwaisten Bürogebäuden und die Schaufenster von Geschäften, die längst geschlossen hatten. In der Ferne blitzten die Lichter der Kräne an den Kaianlagen auf. Das sonore Dröhnen eines Signalhorns drang an sein Ohr und kündigte das Auslaufen eines Schiffs an. Es gab also doch mehr Menschen, die wie er nicht Heiligabend zu Hause unter dem Christbaum feierten.

Ein Lachen ließ ihn aufhorchen. Er wandte sich um. Das Pärchen hatte mit dem Knutschen aufgehört und amüsierte sich über einen weiteren Passagier. Auch Bruno huschte ein Lächeln über die Lippen, handelte es sich bei diesem doch um keinen Geringeren als den Weihnachtsmann höchstpersönlich. Das karminrote Kostüm hatte zwar nicht ganz seine Größe: Der Weihnachtsmann trug Hochwasserhosen. Auch die Zipfelmütze wirkte ein paar

Nummern zu klein, dafür saß der weiße Rauschebart perfekt und ließ vom Gesicht nur die Augenpartie erkennen. Der Weihnachtsmann verteilte aus einem grauen Leinensack kleine Schokonikoläuse, über die sich die Verliebten sofort hermachten, indem sie sich gegenseitig damit fütterten.

Bruno hatte Zweifel daran, ob der Weihnachtsmann im offiziellen Auftrag der Deutschen Bahn handelte, dafür sah seine Aufmachung einfach zu laienhaft aus. Trotzdem nahm auch er die geschenkte Schokolade an, als der großzügige Spender gleich darauf an seinem Platz vorbeikam. Eine nette Geste, fand Bruno und wickelte die Folie von der Schokolade. Mit zwei Bissen war der süße Snack verspeist.

Der ICE geriet ins Schaukeln, als er das Gleis wechselte. Bruno, der gerade aufgestanden war, um sich ein Buch aus dem Koffer zu holen, musste sich festhalten. Dann zog er den Roman aus einem Seitenfach des Koffers und setzte sich wieder.

Als Reiselektüre hatte sich Bruno für einen Klassiker entschieden: Agatha Christies *Mord im Orientexpress.* Während der Zug die Hamburger Außenbezirke passierte, schlug er das Buch auf und vertiefte sich in die Geschichte. Der Schmöker, den er bisher nur in der verfilmten Version von Sidney Lumet kannte, zog ihn schon im ersten Kapitel in seinen Bann. Während der kalte Regen gegen die Scheibe klatschte und schattenhaft Hausfassaden und Brückenelemente an ihm vorbeihuschten, tauchte er tief ein in den Zauber der Fahrt im legendären Orientexpress. Vergeblich versuchte er, sich zu erinnern, wer das spätere Opfer war und aus welchen Motiven der oder die Täter gehandelt hatten.

Doch schon nach wenigen Minuten wurde er unterbrochen. »Ihren Fahrschein bitte«, sagte ein Mann in der dunkelblauen Uniform eines Schaffners. Der Stimme nach zu urteilen handelte es sich allerdings um den Zugchef, der vorhin die Durchsage gemacht hatte. Aufgrund seines grauen Haars und des zerknitterten Gesichts schätzte Bruno ihn auf etwa sechzig, vielleicht sogar älter. Ein Mann kurz vorm Rentenalter. Er hatte freundliche Gesichtszüge und legte eine ruhige, gemütliche Art an den Tag. Bruno entfaltete seine ausgedruckte Fahrkarte, woraufhin der Zugbegleiter den Code einscannte und das Papier anschließend auf altbewährte Art abzwickte.

»Sie reisen bis nach München?«, fragte der Schaffner und reichte Bruno das Ticket zurück. »Dann werden wir uns heute Abend öfter sehen. Ich wünsche eine angenehme Reise im ›Santa-Express‹.«

»Danke«, sagte Bruno. »Ich dachte allerdings, der ICE ist auf ›Hans Fallada‹ getauft.«

»Ja, so lautet die offizielle Bezeichnung. Aber intern nennen wir vom Bordpersonal ihn an diesem Tag im Jahr den ›Santa-Express‹. Passend, finden Sie nicht auch?« Der Zugchef zwinkerte ihm zu und ging zum nächsten Fahrgast.

Bruno schüttelte leicht verwundert den Kopf. »Santa-Express« – ausgerechnet einen modernen ICE-Zug mit einem solch nostalgischen Namen zu versehen war schon verwegen. Andererseits passte das zur Stimmung an diesem Abend, denn es handelte sich ja wirklich um eine besondere Fahrt. Und außerdem wurde nun auch die Landschaft um ihn herum zusehends winterlicher …

Schon wollte er sich wieder in den Krimi vertiefen, da

erhaschte er einen Blick auf eine Mitreisende, die ihren Platz im Zug wohl noch nicht gefunden hatte: eine hübsche Enddreißigerin, die mit leichtem Gepäck durch den Gang eilte und dabei seltsam gehetzt wirkte. Bruno konnte nicht anders, als ihr nachzusehen und ihre Figur zu bewundern, dann war sie bereits wieder verschwunden.

Das Klappern eines Trolleys störte ihn kurz danach erneut in seiner Konzentration. Bruno sah von seinem Buch auf, weil neben ihm eine rollende Verkaufstheke auftauchte, geschoben von einem Mann im Kellnerdress. Hochgewachsen, dürr und schlaksig war er, die vielen kleinen Narben in seinem Gesicht sprachen für schlecht verheilte Akne, das schwarze Haar hing ihm strähnig in die Stirn.

»Butterbrezeln, Wiener Würstchen, Softdrinks, Bier oder Wein?«, zählte der Verkäufer lustlos auf.

Bruno wollte eigentlich abwinken, dann aber dachte er: Warum eigentlich nicht? Immerhin war Weihnachten, also würde er sich ein Glas Wein gönnen. Zur Feier des Tages. »Was für einen Rotwein führen Sie denn?«, erkundigte er sich.

Daraufhin zog der Verkäufer eine Miniaturflasche aus einer Schublade und hielt sie Bruno hin. »›Merlot‹ steht drauf«, sagte er überflüssigerweise, denn lesen konnte Bruno ja selbst.

Bruno nahm eine Packung gesalzene Erdnüsse dazu und bezahlte den stattlichen Preis, der ihm genannt wurde. Er legte sogar ein Trinkgeld drauf. Als sich der Trolley wieder in Bewegung setzte, klappte Bruno den schmalen Tisch an der Lehne des Vordersitzes aus und stellte seine Einkäufe darauf ab. Er riss die Erdnusstüte auf und öffnete den Schraubverschluss des Fläschchens. Dann hob er sein Plastikglas mit Rotwein und prostete seinem Spiegelbild in der Fensterscheibe zu.

Schon nach dem ersten Schluck merkte er, wie sein stressbedingter Missmut allmählich wich. Als er wieder zu seinem Buch griff, begann er, die Bahnfahrt durch die Heilige Nacht zu genießen.

HAMBURG – HANNOVER

MELANIE WEBER FÜHLTE SICH KOPFLOS. Sich in einem nahezu leeren ICE nicht für einen Sitzplatz entscheiden zu können und stattdessen minutenlang durch die Gänge zu irren passte jedoch zu ihrer momentanen Verfassung. Denn sie hatte diese Fahrt völlig überstürzt angetreten und den Zug buchstäblich in letzter Sekunde erwischt. Entsprechend aufgewühlt war sie noch. Deshalb gelang es ihr auch nicht, zwischen der Anonymität eines Großraumwagens und der Geborgenheit eines Abteils zu wählen.

Die Entscheidung fiel schließlich ganz spontan auf ein Abteil in Wagen 8. Kein leeres, denn sie mochte jetzt nicht allein sein. Die Gesellschaft ihrer Wahl bestand aus zwei älteren Menschen, einer Frau und einem Mann. Die beiden waren noch dabei, sich in der neuen Umgebung einzurichten: Winterjacken aufhängen und Handschuhe verstauen, verschiedene Dinge aus der Reisetasche nehmen und ausprobieren, ob es sich besser mit heruntergeklappter Armlehne sitzen ließ oder ohne.

Da sich die zwei auf verschiedene Ecken des Abteils verteilten – er am Gang auf der einen Seite, sie gegenüber auf einem Fensterplatz –, schloss Melanie, dass es sich bei ihnen nicht um ein Paar handeln konnte. Für Eheleute wirkten die beiden auch zu unterschiedlich, fand sie. Zwar hätte es vom Alter her durchaus gepasst, aber der Mann sah mit der schmal geränderten Brille auf der Nase und einer *FAZ* in den Händen eher intellektuell aus, während der gleichmütige Gesichtsausdruck der Frau auf ein schlichteres Gemüt schließen ließ. Doch das waren natürlich bloße Vorurteile, wie Melanie wusste.

»Verzeihen Sie bitte«, sagte der ältere Herr, als er beim Aufschlagen der Zeitung gegen Melanies Hüfte stieß.

»Macht nichts«, sagte Melanie und setzte sich auf die Seite der Frau, wobei sie den Platz zwischen ihnen frei ließ. Die alte Dame nahm die Lücke sogleich in Anspruch und belegte den Sitz mit allerlei Handarbeitsmaterial, das sie aus ihrer Tasche kramte. Stricknadeln, ein Wollknäuel in Moosgrün sowie eines in Marineblau. Schließlich zog sie noch einen halb fertigen Schal heraus. Oder sollte es etwas anderes werden?

»Eine Mütze für meinen Neffen«, sagte die Frau, die Melanies fragenden Blick richtig deutete, mit knarziger Stimme. »Der Junge bekommt so schnell kalte Ohren.«

»Da kann er sich ja freuen«, sagte Melanie und wandte sich von der Mitreisenden ab. Sie presste sich in die Lehne, als wollte sie sich in einer Ecke verkriechen, und hielt sich das Smartphone vors Gesicht. Es war ein deutliches Zeichen: Sprecht mich bloß nicht an, ich will meine Ruhe! Eigentlich merkwürdig, wie sie sich selbst eingestehen musste. Denn hätte sie Isolation gewollt, wäre ein abgeschiedener Platz im Großraumwagen doch besser gewesen. Aber gerade darin bestand ja ihr Dilemma: Sie wollte zugleich unter Menschen sein und in Frieden gelassen werden.

Nun saß sie hier und würde sich so schnell nicht vom Fleck bewegen. Unruhe hatte sie ja heute wahrlich genug gehabt, dachte sie, während sie wahllos durch Instagram-Bilder scrollte, ohne sie wirklich wahrzunehmen. In ihrem Inneren liefen gleichzeitig die Ereignisse der vergangenen Stunden vor ihr ab. Und sie fragte sich, wie es so weit hatte kommen können. Ungeplant und ungewollt war sie in Hamburg aufgebrochen, die Fahrt im ICE war eine Art Flucht. Ein überstürzter Ausbruch aus ihrem bisherigen Leben – und aus der Beziehung mit Stephan.

Stephan. Er war in den letzten dreizehn Jahre ihres Lebens immer an ihrer Seite gewesen. Dreizehn Jahre lang, das musste man sich mal vorstellen! Als sie sich damals kennenlernten, am Rande des Hafengeburtstages 2007, war sie fünfundzwanzig gewesen und hatte gerade im Berufsleben Fuß gefasst. Stephan steckte sogar noch mitten in seinem Ingenieurstudium. Melanies Erwartungen für die Zukunft waren ziemlich bürgerlich gewesen: eine Ehe und Kinder, dazu ein eigenes Haus mit kleinem Garten. Allerdings liefen Stephans Vorstellungen, wie sich nach und nach herausstellte, ihrem Traum diametral entgegen – so hatte er es einmal selbst formuliert. Sein Job als Brückenbauer bei einer international tätigen Firma stand für ihn im Mittelpunkt, und wenn er einmal nicht arbeitete, wollte er seine rare Freizeit genießen, mit Sport, Reisen und Treffen mit seinen Kumpels. Melanie ließ es ihm durchgehen, auch sie fuhr ja gern in den Urlaub und powerte sich mit Stephan auf dem Tennisplatz aus. Und so stellte sie um seinetwillen ihre Zukunftsplanung zurück und ließ Stephan seinen Freiraum. Fünf Jahre lang, zehn Jahre. Inzwischen war sie achtunddreißig, und das Maß war einfach voll. Die Streitereien über ihre unterschiedlichen Lebensvorstellungen häuften sich, eine Auseinandersetzung folgte der nächsten. Stephan warf Melanie Torschlusspanik vor.

Und damit hatte er sogar recht! Sie sah ihre Felle davonschwimmen, ihre Zukunftsträume zerplatzen.

Gerade heute hatten sie sich wieder darüber gestritten. Doch diesmal hatte Melanie nicht klein beigegeben wie sonst. Es kam zum Eklat. Zu der fürchterlichsten Auseinandersetzung, die sie sich jemals geliefert hatten. Deshalb gab es für sie im Moment nur eines: Sie musste weg von Stephan, um mit sich und ihrer Situation ins Reine zu kommen.

Weg von ihm, sehr weit weg.

Zwei Cola, ein Wein und eine Tüte Nüsse, mehr hatten sie ihm in Wagen 9 nicht abgenommen. Eine magere Bilanz, zumal es in den anderen Waggons nicht besser ausgesehen hatte. Clemens Schottmeier konnte nur hoffen, dass das Geschäft im Laufe der Fahrt zulegte, denn er war auf diesen Verdienst angewiesen. Auch beim Trinkgeld könnte die Kundschaft gern freigiebiger sein. Hieß es denn nicht, zu Weihnachten seien die Leute besonders spendabel? Bislang hatte er davon nichts gemerkt.

Clemens schob den Verkaufstrolley durch den Gang des nächsten Wagens und leierte seinen Spruch herunter. Dabei ließ er auch die wenigen Passagiere in den spärlich besetzten Abteilen nicht aus, die meist entspannt und gelassen wirkten: Ein Rentnerehepaar, das ihm immerhin zwei Wienerle abkaufte, und einige junge Business-Typen, wahrscheinlich auf dem Weg zu ihren Frauen oder Freundinnen. Bei denen konnte Clemens mit seiner Ware allerdings nicht landen, denn einer hatte seine eigene Thermoskanne dabei, aus der der süßliche Geruch von Glühwein aufstieg, ein anderer vor sich eine Box mit Thai-Food, die er wohl am Bahnhof gekauft hatte. Für Leute wie Clemens war das schlimm, denn je besser die Bahnhöfe mit Imbissen ausgestattet waren, desto schlechtere Karten hatte die Bordgastronomie. Clemens fürchtete, dass der Service, wie er ihn bot, über kurz oder lang ganz abgeschafft werden würde.

Ein Abteil weiter traf er eine komplette Familie an: Vater, Mutter, Tochter, Sohn. Die Kleinen waren wohl noch im Vorschulalter, vermutete Clemens, der selbst keine Kinder hatte. Sie hatten sich im ganzen Abteil ausgebreitet, überall lag etwas herum. Auch hübsch verpackte Geschenke, kleine wie große. Ob sie ernsthaft vorhatten, hier im Zug Bescherung zu feiern? Aus einem tragbaren Lautsprecher plärrten Kinderweihnachtslieder, die schrillen Töne drangen bis in den Gang. Clemens klopfte an die Glastür, um auf sich aufmerksam zu machen, worauf sich fröhliche Kinderaugen auf ihn richteten. Lautstark verlangten die Kleinen nach Süßigkeiten. Obwohl die Mutter energisch den Kopf schüttelte, kramte der Vater bereits sein Portemonnaie hervor und spendierte dem Nachwuchs zwei Schokoriegel. Clemens strich das Geld ein und zog weiter.

Schon verrückt, an einem solchen Abend arbeiten zu müssen, dachte er und fühlte sich wieder einmal wie ein Verlierer. Aber verrückt musste auch der arme Irre sein, der heute im Santa-Kostüm durch die Gänge flitzte, er war ihm seit der Abfahrt schon zweimal begegnet. Und dort kam er schon wieder!

»Lass mich mal durch, Kumpel«, sagte der Typ in Verkleidung und wollte sich an Clemens' Wagen vorbeizwängen.

Diesmal blieb Clemens stur. »Momentchen«, sagte er und blockierte den Durchgang. »Wir sehen es hier nicht sehr gern, wenn jemand etwas verteilt. Haben Sie dafür überhaupt eine Genehmigung?«

Ein irritiertes Augenpaar richtete sich durch einen Wust weißer Kunsthaare auf Clemens. »Genehmigung für meine Schokolade? Mann, es ist Weihnachten! Gönn den Leuten doch die kleine Freude.«

»Es ist Ihnen schon klar, dass Sie mir das Geschäft vermasseln, oder? Ich könnte Sie dem Zugchef melden.«

Der andere zögerte mit seiner Reaktion, sodass Clemens schon fürchtete, zu weit gegangen zu sein. Dann jedoch legte ihm der falsche Weihnachtsmann die Hand auf den Oberarm und sagte ganz ruhig: »Ich komme dir nicht in die Quere und du mir auch nicht, okay? Merry Christmas.« Damit zwängte er sich an ihm vorbei.

Clemens schaute ihm nach, bis er am Übergang zum nächsten Waggon verschwand. Ein echt seltsamer Kerl, dieser Fake-Santa, dachte er noch. Dann versetzte er seinem Verkaufswagen einen Tritt. Das tat er in regelmäßigen Abständen immer wieder, als würde das etwas ändern. Tat es natürlich nicht. Der blöde Trolley mochte zwar sein Hassobjekt sein, doch Clemens war sich sehr wohl bewusst, dass er diesen Job dringend brauchte. So sehr sogar, dass er sofort den Finger gehoben hatte, als die Schichten für die Feiertage eingeteilt wurden. Das brachte ihm einen Zuschlag ein, auf den er weder verzichten wollte noch konnte. Und so riss er sich nun am Riemen und nahm sich fest vor, von jetzt ab einfach nur seine Arbeit zu machen, anstatt sich weiter in seinen Ärger und Frust hineinzusteigern. Hauptsache, er hatte am Ende der Schicht ein paar Euro mehr auf dem Konto.

Sein Vorsatz, sich nicht länger mit Zweifeln und Selbstmitleid zu plagen, hielt bis zum nächsten Wagen an. Dort traf er auf einen Fahrgast, der sich die Schuhe ausgezogen und seine Beine auf den freien Sitz neben sich gelegt hatte. Er war etwa in Clemens' Alter, also Mitte dreißig. Der Mann schnippte mit den Fingern, als er Clemens kommen sah, und orderte ein Bier. Allerdings, ohne Clemens' Begrüßung auch nur mit einem Wort zu erwidern und ohne dass ihm ein »Bitte« über die Lippen kam. Auch ein »Danke« ersparte sich der Fahrgast, nachdem er seine Pilsdose bekommen hatte, ebenso wie das Trinkgeld.

Clemens konnte solche Kunden nicht ausstehen. Sie hielten sich für etwas Besseres und behandelten ihn wie einen Dienstboten. Als ob jegliche Höflichkeit an ihn verschwendet wäre! Auf diese Weise gedemütigt zu werden, das ging Clemens jedes Mal aufs Neue nah. Es führte ihm seine eigene Unzulänglichkeit vor Augen: Die Tatsache, dass er nichts aus seinem Leben gemacht hatte, obwohl er die Realschule abgeschlossen und eine Lehre als Bürokaufmann absolviert hatte. Doch er wusste auch, dass er nie wieder in seinem angestammten Beruf arbeiten konnte. Die Brücken zu seinem alten Leben waren unwiederbringlich abgebrochen, nachdem er einen einzigen Fehler begangen hatte. Einen unverzeihlichen.

Mit hängendem Kopf schob Clemens den Trolley durch die Tür zum Bereich mit den Abteilen. Wie auch in den anderen Waggons waren die meisten nicht belegt, und er drückte aufs Tempo, um den Großraumwagen dahinter zu erreichen, als er im letzten Abteil doch noch potenzielle Kundschaft erspähte: Durch die Scheibe, die die Kabine vom Gang trennte, konnte er drei Fahrgäste sehen, einen älteren Mann und zwei Frauen. Er wollte schon die Hand auf den Griff legen, um die Tür zu öffnen und seine Ware anzubieten, doch mitten in der Bewegung hielt er inne. Ihm war, als würde sein Herzschlag aussetzen.

Wie eingefroren stand er da, den Blick starr auf den Mann gerichtet, der nun seinerseits von seiner Zeitung aufsah. Als er Clemens entdeckte, legte er die Zeitung auf die Knie und hob eine Hand.

»Hallo, Sie!«, hörte Clemens die Stimme des Mannes durch das Glas der geschlossenen Abteiltür. »Ich möchte einen Kaffee, bitte.«

Clemens sah sich außerstande, zu reagieren. Seine Kehle war wie zugeschnürt.

Denn er kannte diesen Mann. Und hatte gehofft, ihm nie mehr im Leben begegnen zu müssen.

»Hören Sie, guter Mann? Einen Kaffee bitte.«

Nun richteten auch die anderen beiden Fahrgäste, eine jüngere Frau und eine Oma mit Strickzeug in den Händen, ihre Aufmerksamkeit auf Clemens. Ihn überkam schiere Panik.

Was sollte er nur tun? Sich taub stellen? Clemens löste die Bremse des Trolleys. Dann schob er so schnell davon, als wäre er gerade dem Teufel persönlich begegnet.

HANNOVER

»NICHT ZU FASSEN«, SAGTE DER MITREISENDE und schüttelte den Kopf. »Servicewüste Deutschland.«

Melanie war ganz seiner Meinung, dass der Getränkeverkäufer seine Bestellung einfach ignoriert hatte, war schon ziemlich dreist. Aber sie gab keinen Kommentar dazu ab, sondern kuschelte sich nur tiefer in ihren Sitz.

Schön, dass sie Gesellschaft hatte. Noch dazu so angenehme, dachte sie und war inzwischen davon überzeugt, die genau richtige Platzwahl getroffen zu haben. Die ältere Dame neben ihr sagte ja nicht viel, denn sie war damit beschäftigt, die Mütze fertigzustellen. Klick, klick, klick machten die Nadeln ohne Unterbrechung. Der Mann ihr gegenüber war da schon mitteilsamer, aber zum Glück nicht auf die aufdringliche Art, wie das bei manchen Mitreisenden ja durchaus mal vorkam. Nein, der adrett gekleidete alte Herr redete nur, wenn er angesprochen wurde, und hielt sich ansonsten höflich zurück. Er wirkte wie ein Gentleman der alten Schule oder zumindest so, wie sie sich einen solchen vorstellte.

Melanie fühlte sich wohl in dem Abteil, auch wenn die Temperatur vielleicht zwei oder drei Grad zu hoch eingestellt war. Aber da sich draußen der Regen mehr und mehr in Schnee verwandelte, wirkte die Atmosphäre im Abteil geradezu gemütlich. Melanie saß bequem und konnte die Beine ausstrecken. Dieses Gefühl der Geborgenheit machte es ihr leichter, sich an den Gedanken zu gewöhnen, dass sie Heiligabend diesmal unterwegs verbringen musste. Weit weg von allen Menschen, die ihr etwas bedeuteten.

Gerade hatten sie den Bahnhof Hannover erreicht. Nach einer Stunde und dreiundzwanzig Minuten Fahrzeit, also auf die Minute pünktlich. Es war jetzt 19:24 Uhr. Melanie beobachtete einige Passagiere, die aus dem Zug stiegen. Kaum hatten sie die behagliche Wärme der Waggons hinter sich gelassen, zogen sie den Kragen des Mantels zusammen oder wickelten den Schal enger um den Hals, um sich vor der nasskalten Witterung zu schützen. Melanie war froh, dass sie nicht aussteigen musste, sondern noch einige Stunden vor sich hatte. Das half ihr dabei, nicht nur in Form von Kilometern Abstand zu gewinnen, sondern auch innerlich auf Distanz zu Stephan zu gehen. Es gab viel aufzuarbeiten, denn Melanie musste sich eingestehen, dass sie eine Verdrängungskünstlerin war und die Probleme in ihrer Beziehung viel zu lange ausgeblendet hatte. Dass ihr Dauerstreit ausgerechnet heute eskaliert war, mochte am Datum liegen. An der ohnehin gefühlsgeladenen und immer besonders stressigen Weihnachtszeit. Wie auch immer: Der Moment, endlich etwas zu unternehmen, um die Erstarrung zwischen ihnen zu lösen, war gekommen. Sie würde die Zeit in München dafür nutzen, alles auf den Prüfstand zu stellen und sich über ihre Gefühle klar zu werden. Ihre Freundin Nina, zu der sie jetzt unterwegs war, würde ihr hoffentlich dabei helfen.

Langsam fuhr der Zug wieder an. Melanie spürte den

leichten Ruck und das Schaukeln, als der ICE über eine Weiche fuhr.

»Verzeihung«, sprach der ältere Mann sie nun an. »Wissen Sie zufällig, in welcher Richtung es zum Speisewagen geht? Ich bin entsetzlich müde und brauche dringend Koffein, sonst verschlafe ich den Rest der Reise. Oh, entschuldigen Sie, ich habe mich hier ja ganz schön breitgemacht. Ich hoffe, das stört Sie nicht.« Mit diesen Worten sammelte er Seiten und Beilagen der *Frankfurter Allgemeinen* zusammen, die er auf den Sitzen und dem Fenstertischchen verteilt hatte.

»Kein Problem«, entgegnete Melanie und beugte sich vor. Dabei fiel ihr eine Strähne ihres blond getönten Haars in die Stirn. »Mir macht das nichts aus.«

»Meine Schwester Ursula stört so etwas sehr«, sagte der Mann und stopfte die bereits ausgelesenen Teile der Zeitung in den Spalt zwischen Sitz und Tür. »Ich besuche sie über die Festtage. So wie in jedem Jahr, seit unsere Partner verstorben sind. Ursula kann Unordnung nicht ausstehen.« Er deutete eine Verbeugung an. »Mein Name ist übrigens Vogt, wenn Sie gestatten.«

»Melanie Weber«, stellte auch sie sich vor. »Wo der Speisewagen ist, weiß ich leider auch nicht. Und wegen Ihrer Zeitung: Auf mich müssen Sie ganz bestimmt keine Rücksicht nehmen. Es ist hier ja genug Platz für uns alle«, bekräftigte sie.

Dann bemerkte sie: »Da wird sich Ihre Schwester sicher freuen, dass Sie sie besuchen kommen.«

»Ja, gewiss.« Ein Schmunzeln huschte über Vogts von vielen feinen Falten gezeichnetes Gesicht. »Eigentlich haben wir uns ja vorgenommen, uns gegenseitig nichts mehr zu schenken. Zumal Ursula mir im Laufe der Jahre vier oder fünf Wollschals gestrickt hat und ich diese scheußlich kratzenden Dinger nicht leiden kann.«

Diese Bemerkung brachte ihm einen missbilligenden Blick der Frau mit den Stricknadeln ein, wie Melanie erkannte. Das schien Vogt nicht zu stören, unbefangen redete er weiter: »Keine Geschenke also, denn in unserem Alter besitzt man ja schon alles, was man sich wünscht. Doch diesmal konnte ich mich nicht zurückhalten, weil ich etwas Feines für sie gefunden habe.«

Melanie schob ihr Handy beiseite und sah Vogt mit echtem Interesse an. »Sie machen mich neugierig. Was haben Sie für Ihre Schwester dabei?«

»Möchten Sie es sehen?« Mit stolzem Ausdruck hob er eine Aktentasche auf, die er zu seinen Füßen abgestellt hatte. Er ließ die Verschlüsse aufschnappen und förderte eine mattschwarze Schatulle zutage. Als er sie aufklappte, wurde ein samtenes Kissen sichtbar, auf dem eine Brosche lag. Eine goldene ovale Umfassung umgab einen kornblumenblau schimmernden Stein von der Größe eines Taubeneis.

Melanie nickte anerkennend. Zwar handelte es sich um ein antiquiert anmutendes Schmuckstück, das sie selbst niemals tragen würde, doch für eine Dame im entsprechenden Alter konnte sie es sich gut vorstellen.

»Ist der Stein echt?«, fragte sie neugierig.

Vogt musste abermals gähnen. »Nur alt. Geschliffenes Glas, aber hübsch gemacht, finden Sie nicht auch? Ich hatte Glück und konnte das Stück günstig erstehen. Das ist ganz nach Ursulas Geschmack.«

Ob er meinte, dass der Stein dem Geschmack seiner

Schwester entsprach oder dass sie als sparsame Frau ein Schnäppchen befürworten würde? Vogt hatte sich etwas missverständlich ausgedrückt, fand Melanie.

»Wirklich ein schöner Schmuck«, sagte sie.

»Das will ich meinen.« Vogt klappte die Schatulle zu und legte sie neben sich auf den Sitz.

»Wenn Sie bei Ihrer Schwester die Feiertage verbringen wollen, warum fahren Sie dann erst jetzt?«, erkundigte sich Melanie neugierig.

»Aus demselben Grund wie wahrscheinlich die meisten anderen Passagiere an Bord dieses Zuges«, antwortete Vogt. »Ich bin es leid, mich der Enge und Hektik auszusetzen, die bei den früheren Verbindungen herrscht. Schließlich bin ich nicht mehr der Jüngste und habe einen höllischen Respekt vor Grippeviren, deshalb erspare ich mir das Weihnachtsgedränge. Und Sie?«

»Ich?« Melanie hob die Brauen.

»Ja, junge Dame«, sagte Vogt freundlich. »Aus welchem Grund sind Sie ausgerechnet am Heiligen Abend unterwegs?«

Melanie spürte, wie die unverbindliche Leichtigkeit aus der Unterhaltung wich. Nun war es an ihr, Fragen zu beantworten. Aber sie wollte nicht, mochte nichts preisgeben über ihre Gründe für die Reise. Vogts Frage war ihr viel zu persönlich, und so schwieg Melanie.

Vogt schien ihre plötzliche Zurückhaltung zu bemerken, denn er lenkte ein: »Ich wollte nicht indiskret sein, entschuldigen Sie bitte.«

»Nein, nein, schon gut«, entgegnete Melanie und bemühte sich um einen Gesichtsausdruck, der ihr derzeitiges Gefühlschaos verbarg. »Ich besuche eine Freundin in

Unterföhring bei München, bleibe also auch bis zur Endstation an Bord. Die Fahrt hat sich ziemlich spontan ergeben, ich habe den Zug gerade noch erwischt. Das war Glück, denn mit der nächsten Verbindung wäre ich erst morgen früh dort gewesen.«

Vogt nickte und war so einsichtig, keine weiteren Fragen zu stellen. Was Melanie nur recht sein konnte, denn noch wusste sie nicht einmal, wie Nina und ihre Familie sie aufnehmen würden. Eine alte Schulfreundin, die man jahrelang nicht gesehen hat, platzt nach kurzfristiger Ankündigung mitten ins Weihnachtsfest – es gab sicher bessere Voraussetzungen für ein Wiedersehen nach so langer Zeit. Aber immerhin: Nina hatte zugesagt, sie für ein paar Tage aufzunehmen, wenn auch mit ziemlich verhaltener Freude.

Vogt machte Anstalten, aufzustehen, ließ sich dann jedoch in den Sitz zurückfallen. Er wirkte sehr erschöpft.

»Darf ich Ihnen einen Kaffee holen?«, bot Melanie an.

Vogt winkte ab. »Herzlichen Dank, das ist wirklich sehr freundlich. Aber das möchte ich Ihnen nicht aufbürden, ich warte doch lieber auf die nächste Runde des Bordverkäufers. Das nächste Mal, wenn er vorbeikommt, lasse ich ihn nicht entwischen.« Mit einem Lachen fügte er hinzu: »Und wenn ich ihm dafür ein Bein stellen muss!«

HANNOVER – GÖTTINGEN

CLEMENS HATTE DEN TROLLEY OHNE anzuhalten fast durch den ganzen Zug geschoben, aber es war ihm nicht gelungen, seine Aufregung zu lindern. Er war fahrig und nervös.

Grund für den Schrecken, der ihn nicht losließ, war der Fahrgast aus dem Abteil in Wagen 8: Im Rentenalter, mit Anzug und Krawatte, sah er eigentlich aus wie einer, der eher in die erste Klasse gehörte. Doch Clemens ahnte, weshalb der Alte die zweite Klasse vorzog. Er kannte ihn gut genug, um zu wissen, dass dieser Mann sparsam, geradezu geizig war. Er drehte jede Münze zweimal um und raffte zusammen, was er kriegen konnte. Nur mit dem Geld anderer Leute nahm er es nicht so genau.

Clemens spürte die Schweißperlen auf seiner Stirn, während er daran zurückdachte, wie er ihm zum ersten Mal begegnet war. Jenem Mann, dem er seine ganze persönliche Misere anlastete: Dr. Bertram Vogt, Finanzmakler, heute vermutlich im Ruhestand. Vor Jahren hatte er Clemens dazu angestiftet, all seine Ersparnisse und das dürftige Erbe seiner Eltern in einen angeblich narrensicheren Fonds zu investieren. Die Investmentblase platzte, Clemens bekam nichts wieder, und Vogt stahl sich aus der Affäre, er konnte nicht belangt werden. Clemens aber stand nicht nur ohne jedes Vermögen da, er hatte auch seinen Job verloren. Denn in seiner Not hatte er Firmengelder veruntreut, war aufgeflogen und angezeigt worden. Seitdem bekam er keinen Fuß mehr auf den Boden. Er konnte noch dankbar sein, für einen Hungerlohn Snacks und Getränke an Bahnreisende verkaufen zu dürfen.

Und jetzt saß Dr. Bertram Vogt in einem Abteil des »Santa-Express« und verlangte nach Kaffee. Der Schock, ausgerechnet diesem verhassten Menschen heute Abend hier zu begegnen, saß tief. Nur mit großer Mühe war es ihm gelungen, sich von dem verstörenden Anblick des Mannes loszureißen und den Trolley weiterzuschieben. Doch war er schnell genug gewesen? Oder hatte Vogt ihn ebenfalls wiedererkannt? Hatte er gesehen, was aus seinem einstigen Kunden geworden war?

Nein, bestimmt nicht. Clemens hatte nicht den Eindruck gehabt, dass Vogt realisiert hatte, wer er war. Wie denn auch? Vogt hatte nicht damit gerechnet, zu diesem Zeitpunkt und an diesem Ort auf einen früheren Klienten zu treffen. Er hatte in Clemens lediglich eine x-beliebige Servicekraft gesehen, bei der er eine Bestellung loswerden konnte. Nämlich den Becher Kaffee, den Clemens ihm schuldig geblieben war.

Was nun? Die Vorstellung, dass er seinen größten Feind heute Abend auch noch bedienen sollte, war Clemens ein Gräuel. Er hatte nicht übel Lust, seine Verkaufsfahrten einzustellen und sich irgendwo in einer stillen Ecke zu verkriechen. Doch das kam natürlich nicht infrage, denn dann würde er auch diesen Job verlieren. Was sollte er bloß tun?

Plötzlich, wie aus heiterem Himmel, kam ihm eine großartige Idee. Das war die Chance auf eine Revanche, erkannte er, damit konnte er es diesem Halsabschneider heimzahlen. Und er machte sich sofort auf, um seinen spontanen Racheplan auszuführen.

Clemens bugsierte den Trolley bis zum Personalabteil, wo er und die Kollegen ihre persönlichen Dinge ablegen konnten. Dort tastete er seine Jacke nach einer Pappschachtel ab, der er einen Streifen Tabletten entnahm. Ein böses Lächeln trat in sein Gesicht, als er die Pillen in der Hosentasche verschwinden ließ und den Trolley wendete – in Richtung Wagen 8.

Das zweite Kapitel war beendet und das Glas Wein fast leer, Bruno lehnte sich zurück und gähnte. Dabei ließ er seinen Blick über die Winterlandschaft gleiten. Dort, wo Straßenlaternen kleiner Ortschaften vereinzelte Lichtflecken hinterließen und die Lichtkegel einzelner Autos über Landstraßen huschten, war nur noch Weiß zu sehen. Schön, dachte Bruno mit einem wohligen Gefühl. Wie lange mochte es her sein, dass es an Heiligabend geschneit hatte? Er konnte sich beim besten Willen nicht erinnern, wann er das in Norddeutschland zum letzten Mal erlebt hatte. Und nun das: eine Bilderbuchlandschaft wie aus einem Wintermärchen. Ob es daran lag, dass sie gerade die Ausläufer des Harzes passierten und die Höhenlage für besonders dicke Flocken sorgte?

Noch schöner wäre es, wenn er die weiße Pracht nicht einsam und allein bewundern müsste, denn das machte ihn über kurz oder lang doch bloß wieder melancholisch. Er stieß einen leisen Seufzer aus.

Ob in München auch Schnee lag? Er dachte an das Haus, in dem seine Ex und die Kinder um diese Zeit wohl vor dem Weihnachtsbaum saßen und einander Präsente überreichten. Er konnte die Szenerie bildlich vor sich sehen, schließlich hatte er das traditionelle Weihnachtfest der Familie so viele Jahre lang mitgestaltet. Beim Schmücken des Baums hatten immer alle geholfen, wodurch er meist recht überladen wirkte. Genauso wie der Tisch im Esszimmer, denn jedes Familienmitglied durfte sich einen Bestandteil des Festmenüs wünschen. Was dazu geführt hatte, dass es neben Vor-, Hauptgericht und Nachspeise meist einen oder mehrere Zwischengänge gab. Vor allem, als die Kinder noch klein waren, kamen dabei teils kuriose Kombinationen heraus, an die sich Bruno mit einem lachenden und einem weinenden Auge erinnerte – das weinende, weil er diese schönen, unbeschwerten Jahre so schmerzlich vermisste. Ob es die Tradition mit den Wunschessen wohl immer noch gab, obwohl er nicht mehr mitfeierte?

Die Schwiegermutter würde sicher auch wieder dabei sein – und sich diebisch über Brunos Abwesenheit freuen. Elsa hatte ihn nie gemocht und seine Trennung von Sandra über Jahre herbeigesehnt. Inzwischen hatte sie erreicht, was sie mit ihrer ständigen Einmischung in ihre Ehe die ganze Zeit vorangetrieben hatte. Genau genommen hatte Elsa sogar einen doppelten Sieg errungen, überlegte Bruno verbittert: Sie war nicht nur den verhassten Schwiegersohn losgeworden, sondern hatte es fertiggebracht, dass ihre Tochter wieder ins elterliche Haus einzog, um sich künftig um sie zu kümmern. Reines Kalkül, wie Bruno glaubte, denn Elsa war seit fünf Jahren Witwe und konnte sich mit dem Alleinleben nicht abfinden. Brunos Ansicht nach war dies einer der Gründe, die letztlich zur Trennung geführt hatten.

Nun ja, an das Märchen, dass allein die Schwiegermutter schuld an allem war, glaubte er selbst nicht wirklich. Der Kern des Problems zwischen seiner Ex und ihm lag weit in der Vergangenheit. Bruno und Sandra – sie waren beide nicht die erste Wahl des anderen gewesen. So verrückt es im Nachhinein auch klingen mochte, ihre Liebe war dem Versuch entsprungen, die damaligen Partner eifersüchtig zu machen. Sandra hatte sich mit Bruno ins Kino verabredet, um ihren Freund zu ärgern, was Bruno gut passte, weil auch er seiner wenig liebevollen Freundin zeigen wollte, dass er nicht alles mit sich machen ließ. Dass sich aus diesem Streich eine ernsthafte Beziehung entwickeln würde, hatten weder Sandra noch er erwartet. Denn eigentlich harmonierten sie nicht miteinander, was beide wussten, und die große Liebe war es nie gewesen.

Brunos Blicke waren zwar noch immer auf die verschneite Landschaft draußen gerichtet, doch er sah sie nicht mehr, so sehr hing er in seinen Gedanken fest. Gedanken, die um seine gescheiterte Ehe kreisten und um die traurige Tatsache, dass er Lisa und Max viel zu selten sah. Brunos große Hoffnung war, dass es seine Kinder zum Studium oder für eine Ausbildung später wieder in den Norden verschlug, vielleicht sogar nach Hamburg. Aber er hatte sich geschworen, sie in dieser Hinsicht nicht zu beeinflussen. Auf keinen Fall mochte er sie unter Druck setzen, indem er sie vor die Entscheidung stellte, welchem Elternteil sie näher sein wollten.

»In Hannover noch jemand zugestiegen?«, rief eine Stimme durch den Wagen.

Bruno drehte sich zu dem Schaffner um, demselben, der ihn bereits kurz nach der Abfahrt in Hamburg kontrolliert hatte.

»Sieht nicht so aus«, bemerkte der Mann, als er auf Brunos Höhe angekommen war.

»Viele neue Fahrgäste werden Sie heute wohl nicht mehr begrüßen können«, erwiderte Bruno. »Nicht an einem 24. Dezember.«

»Stimmt, diese Fahrt ist ja eine ganz spezielle«, sagte der Zugchef mit einem versonnenen Schmunzeln. »Auch die meisten Kollegen sind an einem solchen Tag natürlich lieber zu Hause. Das ist ja verständlich, vor allem, wenn man Familie hat. Mir macht es nichts aus, am 24. zu arbeiten. Wissen Sie, ich bin ungebunden, und es gibt niemanden, der auf mich wartet. Deshalb habe ich die ganze Tour übernommen. Normalerweise ist nämlich ein Personalwechsel auf halber Strecke vorgesehen. Die Kollegin im hinteren Zugteil und ich managen das heute allein.«

»So?«, fragte Bruno, der sich ein wenig wunderte, dass der Schaffner so auskunftsfreudig war. Andererseits: So viele andere Reisende gab es ja nicht, mit denen er sich austauschen konnte. Das Pärchen war schon wieder damit beschäftigt, heiße Küsse zu wechseln, der Businessman redete noch immer auf sein Handy ein, und die traurige alte Frau vermittelte nicht den Eindruck, als hätte sie Lust auf ein Gespräch. Blieb also nur Bruno.

Und tatsächlich redete der Zugchef weiter: »Ja, ich

melde mich jedes Jahr freiwillig für diese Verbindung. Da kann man dann auch mal mit den Fahrgästen plaudern, normalerweise findet man ja kaum die Zeit dazu.«

Nachdem der Mann weitergegangen war, sann Bruno noch eine Weile über das Gespräch nach. Ob er wohl auch noch immer ungebunden sein würde, wenn er das Alter des Schaffners erreicht hatte?

Clemens wischte sich mit einem Taschentuch den Schweiß von der Stirn. Dann sammelte er sich, zog Hemd und Jacke glatt und schob den Verkaufswagen bis zu dem Abteil, wo er Vogt vorhin gesehen hatte.

Diesmal würde er nicht kneifen. Auch wenn es ihn noch so große Überwindung kostete, diesem Mann in die Augen zu sehen.

Clemens klopfte an die Scheibe und schob die Tür auf. »Guten Abend«, grüßte er und sagte seinen üblichen Spruch auf.

Die ältere Frau auf dem Fensterplatz warf ihm nur einen flüchtigen Blick zu und wandte sich sofort wieder ihrer Strickarbeit zu. Die jüngere, die gleich vorn am Gang saß, sah ihn freundlich an, schüttelte aber den Kopf. »Nein danke, ich möchte nichts«, sagte sie.

Vogt hingegen fasste in die Innentasche seines Jacketts und holte ein teuer aussehendes Lederportemonnaie heraus. »Wurde ja auch Zeit«, bemerkte er leicht gereizt. »Ich habe vorhin schon versucht, einen Kaffee bei Ihnen zu kaufen.«

»Einen Kaffee also«, nahm Clemens die Bestellung auf. »Mit Milch und Zucker?« Er versuchte, in Vogts Gesicht zu lesen. Blitzte da in seinen Augen etwa ein Funken des Erkennens auf?

»Schwarz«, antwortete Vogt und öffnete die Geldbörse.

Nein, Vogt wusste noch immer nicht, mit wem er sich gerade unterhielt. Er erinnerte sich nicht an Clemens. Er hatte ihn einfach vergessen, und das, nachdem er ihn ausgenommen hatte wie eine Weihnachtsgans. Diese Ignoranz bestärkte Clemens umso mehr in seinem Vorhaben.

Er füllte den Kaffee in den Becher. Dann verschwanden seine Finger für Sekunden in der Hosentasche, und gleich darauf versanken mehrere kleine Tabletten im Becher. Clemens beobachtete mit Sorge, dass sie beim Auflösen kleine Luftbläschen warfen.

»Ich habe doch gesagt ohne Zucker!«, beschwerte sich Vogt.

Clemens zuckte zusammen. Sollte sein Plan schon jetzt gescheitert sein?

»Ach, egal«, sagte Vogt. »Geben Sie schon her.«

Clemens musste das Zittern seiner Finger unterdrücken, während er den dampfenden Kaffee aushändigte. Vogt stellte den Becher ab und bezahlte. Für Clemens hatte er danach keinen Blick mehr übrig, sondern widmete sich seiner Zeitung.

Ohne Hast zog Clemens die Tür wieder zu und schob den Trolley an. Während er weiter durch den Zug ging, empfand er ein wachsendes Gefühl tiefer Befriedigung.

»Nun sind Sie ja doch noch zu Ihrem Kaffee gekommen«, sagte Melanie. Sie hatte die kurze Unterhaltung zwischen Vogt und dem ausgesprochen unbeholfen auftretenden Verkäufer verfolgt.

Vogt, der das Getränk zum Abkühlen auf einen Klapptisch gestellt hatte, setzte ein schiefes Grinsen auf. »Fast hätte ich nicht mehr daran geglaubt«, sagte er und vertiefte sich in die Zeitung.

Er las den Wirtschaftsteil, wie Melanie feststellte. »Sie interessieren sich für die Börse?«

»Ja.« Vogt zog die Stirn in Falten. »Ich war in der Finanzbranche tätig. Inzwischen kann ich mich glücklich schätzen, dass ich da raus bin, denn die jahrelange Niedrigzinspolitik hat vieles kaputt gemacht. Vor allem für Kleinsparer sind das ganz schwere Zeiten.«

»Stimmt, wenn ich da an früher denke: Mit meinem Sparbuch habe ich gutes Geld gemacht«, erinnerte sich Melanie an längst vergangene Zeiten.

Vogts Mimik entspannte sich, als er die Zeitung auf seine Knie legte. »Nun ja: Wenn man sich auskennt und um die richtigen Tricks und Kniffe weiß, ist auch heute noch einiges rauszuholen.« Er beugte sich zu ihr vor und senkte den Ton: »Ich bin zwar – wie gesagt – nicht mehr aktiv im Geschäft, für Freunde aber schnüre ich nach wie vor Finanzpakete, die jeden ruhig schlafen lassen.«

»So?«, fragte Melanie.

»Ja. Es ist für mich eine Art Hobby geblieben, und ich freue mich, wenn ich in die zufriedenen Gesichter meiner Klienten blicke. Von manch einem konnte ich das Vermögen verdoppeln und damit für eine sichere Rente sorgen.«

Er musterte sie. »Wie steht es denn um Ihre Vermögenswerte, junge Frau? Sorgen Sie vor?«

Gute Frage, dachte Melanie, der erneut bewusst wurde, dass ihr bisheriges Leben gerade den Bach runterging. Um die finanziellen Dinge hatte sich all die Jahre Stephan gekümmert. Sie führten zwar getrennte Konten, doch die gemeinsame Eigentumswohnung in Hamburg-Harburg lief auf seinen Namen, und durch ihre vielen Urlaube und das neue Auto hatten sich Melanies ohnehin bescheidenen Rücklagen stark reduziert. Im Grunde genommen wäre ein Finanzberater jetzt genau das, was sie gebrauchen könnte. »Ich habe mir über solche Dinge bisher nicht sonderlich viele Gedanken gemacht«, räumte sie ein.

Vogt lächelte wissend. »Damit sind Sie nicht allein. Die meisten Menschen kommen erst ins Grübeln, wenn es bereits zu spät ist. Die grassierende Altersarmut kommt ja nicht von ungefähr. Dabei lässt sich mit sachkundiger Beratung sogar mit dem kleinsten Einkommen eine Zukunftsstrategie entwickeln. Bei Ihrer Hausbank sind Sie mit solchen Ansprüchen natürlich an der falschen Adresse ...«

»Sie raten zu einem unabhängigen Berater?«

»Aber natürlich«, bekräftigte Vogt. »Wir müssen uns nicht den zweifelhaften Methoden der Geldhäuser aussetzen, die letztlich doch nur auf die eigene Profitabilität schauen und nicht auf die Sicherheit ihrer Kunden. Es gibt bessere Möglichkeiten als die dort angebotenen Sparpläne, etwa Aktien. Deren Risiko können Fachleute durch Streuung beträchtlich mindern. Ich würde Ihnen ein Depot empfehlen, das aus Aktien erstklassiger und stabiler Firmen besteht, deren Ertragsaussichten günstig sind.

Langfristig werden Sie als Aktionär davon profitieren: in Form von Dividenden, durch attraktive Bezugsrechte und den Kursgewinn. Ihr Vermögen soll ja wachsen.« Er nahm ein schmales silbernes Etui aus seiner Jacketttasche und zog ein Kärtchen heraus. »Wenn Sie mehr wissen wollen: Rufen Sie mich an. Für Sie würde ich glatt eine weitere Ausnahme machen und meinen Ruhestand unterbrechen.«

»Das ist wirklich sehr freundlich von Ihnen«, sagte Melanie und nahm die Visitenkarte entgegen. Festes Papier mit Prägung, wie sie feststellte. Auch die angegebene Adresse hörte sich durch und durch solide an: Sie lag im Hamburger Feine-Leute-Viertel Blankenese.

»Sehr gern«, sagte Vogt und griff zum Kaffeebecher. Er trank daraus und verzog das Gesicht. »Ob die das bei der Bahn irgendwann hinkriegen, einen Filterkaffee zu kochen, der nicht zu stark und zu bitter ist?«

Melanie fand es amüsant, wie übertrieben angeekelt der alte Herr aussah. Das Lachen blieb ihr allerdings im Halse stecken, als Vogt auf einmal der Becher entglitt und sich die braune Brühe über den Boden verteilte. Die Frau neben ihr ließ prompt ihre Stricknadeln fallen und stieß einen kurzen, spitzen Schrei aus, als ihr Kaffee an die Beine spritzte.

Instinktiv hob Melanie die Füße, um nicht in die Kaffeepfütze zu treten, gleichzeitig sah sie besorgt auf Vogt, der nun zu röcheln und zu keuchen begann. Er war mit einem Mal kreidebleich geworden. Während er sich mit einer Hand an den Hals fasste, wanderte die andere vor seine Brust. Er sah aus, als bekäme er plötzlich keine Luft mehr.

Entsetzt sprang Melanie auf. »Was ist mit Ihnen?«, rief sie bestürzt und fasste ihn am Arm.

Vogt war nicht imstande, zu antworten. Das Röcheln wurde stärker, seine Augen traten aus den Höhlen.

Melanie drehte sich eilig zu der alten Frau um, aber von ihr kam keine Hilfe. Ängstlich presste sie sich in ihren Sitz und starrte Vogt an. Melanie fühlte sich völlig überfordert. Ihr letzter Erste-Hilfe-Kurs lag schon lange zurück; sie hatte keine Ahnung, was zu tun war. In ihrer Not schüttelte sie Vogt an den Schultern und fragte: »Wie kann ich helfen?«

Vogt löste die Hand von seinem Hals und versuchte, in seine äußere Jacketttasche zu fassen, was ihm nicht gelang. Melanie verstand den Wink und griff selbst hinein. Sie fand ein Pillendöschen und hielt es ihm hin. »Ist es das, was Sie brauchen?«, fragte sie und hörte die Strickoma hinter sich wimmern.

Vogt nickte gehetzt, woraufhin Melanie die Dose aufklappte. Sie enthielt eine Reihe von länglichen Kapseln, die alle gleich aussahen. Wahllos nahm sie eine heraus und schob sie Vogt in den geöffneten Mund. Dann zerrte sie hektisch ihre Reisetasche aus dem Gepäckfach und riss eine Trinkflasche aus einer Seitentasche. Mit zittrigen Händen schraubte sie sie auf und ließ etwas Flüssigkeit über Vogts Lippen rinnen. Der alte Mann schluckte mühsam und schloss die Augen.

Aber die Tablette schien nicht zu helfen, gleich darauf musste Melanie den nächsten Anfall erleben. Wieder rang der alte Mann nach Luft. Jede Farbe war aus dem Gesicht gewichen, die weit aufgerissenen Augen waren stark gerötet.

»Er stirbt!«, jammerte die Frau hinter ihr, sprang Melanie aber immer noch nicht bei.

Melanie war mit ihrem Latein am Ende. Sie musste Hilfe holen, so schnell wie möglich!

»Ich bin gleich zurück!«, rief sie Vogt zu und riss bereits die Tür auf. Sie sprang auf den Gang, schaute sich hektisch um. Vom Schaffner keine Spur. Auch sonst war niemand zu sehen. Sie musste es im nächsten Großraumwagen versuchen!

Bruno war über seiner Lektüre eingenickt. Im Halbschlaf dachte er an seine Kinder, Lisa und Max. Es waren schöne Momente, die ihm in den Sinn kamen, kurze Sequenzen aus gemeinsamen Urlauben, von Restaurantbesuchen, im Kino und beim Sport. Erinnerungen aus der Zeit, als sie noch eine intakte Familie waren. In seinen Träumen, die er wie durch dünne Nebelschwaden erlebte, war die Welt noch in Ordnung. Er streckte seine Hände aus, um dieses Leben festzuhalten. Doch er griff ins Nichts.

Ruckartig wachte er auf, als hinter ihm Unruhe aufkeimte. Schnelle Schritte. Da rannte jemand durch die Wagen. Ungewöhnlich bei der Gemächlichkeit, die bis eben in dem fast leeren Zug geherrscht hatte.

Bruno reckte den Hals und sah eine aufgewühlt und hoch nervös wirkende Frau in Bluejeans und dunkler Bluse auf sich zukommen. Sie spähte durch den Wagen, als würde sie etwas oder jemanden suchen. Dieser Frau war er heute schon einmal begegnet, kurz nach der Abfahrt in Hamburg. Da war sie ihm aufgefallen, weil sie so hübsch war, und er hatte ihr sogar nachgeschaut.

Bruno schätzte sie auf Mitte bis Ende dreißig. Sie hatte

mittellanges, hellblondes Haar, das sie jünger wirken ließ. Als sie an seinem Platz vorbeikam und sich ihre Blicke kurz trafen, fielen ihm sofort die Augen auf. Sie waren ausgesprochen groß und von einem klaren, kräftigen Blau. Ein starker Lidstrich verstärkte ihre Wirkung.

Im nächsten Moment war sie bereits aus seinem Blickfeld verschwunden. Bruno wechselte vom Fenstersitz auf den Gangplatz, um sehen zu können, wo sie hinlief. Er beobachtete, wie sie bis zum Ende des Waggons eilte, kehrtmachte und schließlich mitten im Gang stehen blieb.

Abermals schaute sie sich um, dann rief sie mit unsicherer, zitternder Stimme: »Ein Arzt! Ist jemand von Ihnen Arzt oder Sanitäter?«

Bruno durchfuhr ein Zucken. Ist ein Arzt anwesend? Diese Frage hatte er wieder und wieder gehört: am Rande des Sportplatzes, wo er die Mannschaft seines Sohnes bei Fußballspielen angefeuert hatte. Bei einem Konzert, das er gemeinsam mit Sandra besucht hatte. Oder im Freizeitpark, früher ein beliebtes Ausflugsziel. Meist war es mit ein paar Heftpflastern und gutem Zureden getan, aber zweimal schon hatte er in seiner Freizeit reanimieren und einen Notarzt rufen müssen.

Zunächst blieb Bruno still sitzen und wartete ab. Vielleicht befand sich ein Kollege oder eine Kollegin im Wagen und meldete sich? Wohl kaum, sah er ein, als er sich seine Mitreisenden ins Gedächtnis rief.

Also stand Bruno auf und hob die Hand. »Ich!«, rief er der Frau zu. »Ich bin Arzt. Was ist passiert?«

»Sie müssen mitkommen, bitte, sofort!«, rief die Frau, noch bevor sie ihn erreichte.

»Ist jemand verletzt?«, erkundigte sich Bruno. Jetzt

stand sie vor ihm. Sie reichte ihm gerade bis zur Schulter.

»Kommen Sie, bitte!«, wiederholte sie mit flehender Stimme. »In meinem Abteil, ein älterer Herr. Ich glaube, er hat einen Herzanfall.«

Dieses Stichwort ließ bei Bruno alle Alarmglocken läuten. Bis eben hatte er noch mit einer leichten Verletzung gerechnet oder dass sich jemand nicht wohlfühlte. Nun sah die Sache völlig anders aus. Im Stillen ging er die Schritte durch, die unverzüglich unternommen werden mussten, denn es kam auf jede Minute an. Er würde sich den Patienten ansehen und eine erste Diagnose erstellen. Und auf dem Weg dorthin würde er nach einem Defibrillator Ausschau halten. Der Zugchef musste gerufen werden! Er sollte den Notruf wählen, damit am nächsten Haltebahnhof ein Krankentransport bereitstand. Eine andere Option wäre ein Hubschrauber, der auf einem Feld landen könnte, sollten sie auf freier Strecke stoppen. Doch das müsste die Rettungsleitstelle entscheiden.

Alle diese Überlegungen nahmen nur wenige Sekunden in Anspruch.

»Führen Sie mich zu ihm!«, sagte er entschlossen.

Die blonde Frau eilte voraus. Während Bruno ihr folgte, spürte er die Blicke anderer Reisender in seinem Rücken. Niemand sagte etwas oder bot seine Unterstützung an, wahrscheinlich, weil jeder froh war, dass es jemand offenbar Kompetenten gab, der sich um den Notfall kümmerte. Für Bruno war das keine neue Erfahrung.

»Hier entlang«, sagte die Frau, ohne sich nach ihm umzudrehen.

Sie erreichten den nächsten Wagen. Ein Defibrillator

war nirgendwo zu sehen. Weiter ging es bis zum Bereich mit den Abteilen, wo sie an mehreren Kabinen vorbeikamen, in denen niemand saß. Erst am Ende des schmalen Gangs war ein Abteil besetzt. Bruno spähte hinein und bemerkte eine verängstigt wirkende alte Frau mit einem Wollknäuel im Schoß. Dann sah er auch den Patienten. Ein Blick reichte, um zu wissen, dass die Frau, die ihn alarmiert hatte, nicht übertrieb. Hier war wirklich Gefahr im Verzug!

Mit energischem Ruck schob Bruno die Glastür auf und ging vor dem leblosen Mann in die Knie. Dieser rührte sich nicht, er schien Bruno überhaupt nicht wahrzunehmen. Dennoch löste Bruno als Erstes die straff sitzende Krawatte des Kranken. Da er auch danach keine Atmung feststellen konnte, versuchte er, einen Puls zu ertasten. Wieder Fehlanzeige. Nun fasste Bruno den Nacken des Mannes, mit der anderen Hand stützte er ihn seitlich ab. So kippte er ihn auf den Sitzen zur Seite und drehte ihn anschließend auf den Rücken. Nun schob Bruno seine Ärmel zurück und setzte zu einer Herzmassage an. Gleichzeitig erteilte er Anweisungen.

»Wählen Sie die 112!«, rief er der jüngeren Frau zu. »Und Sie suchen den Zugchef«, wandte er sich an die ältere, die immer noch völlig erstarrt dasaß. »Sagen Sie ihm, wir brauchen einen Defibrillator. Dringend!« Unwillig löste die alte Dame ihre Finger aus der Wolle, in die sie sich gekrallt hatten, und verließ mit unsicheren Schritten das Abteil. Unterdessen wühlte die Blonde in ihrer Handtasche noch nach ihrem Handy. Das dauert alles viel zu lange, dachte Bruno.

Dennoch machte er sich daran, den Mann zu reanimieren. Er legte sich ins Zeug, versuchte es mit Herzdruckmassage und Beatmung. Doch bald merkte er, dass seine Maßnahmen nicht anschlugen, es war zwecklos. Er war schlicht und einfach zu spät gekommen. Sein Patient ließ sich nicht wiederbeleben, musste er sich eingestehen.

Die Frau neben ihm sagte etwas von einem Funkloch und dass sie niemanden erreichen könne, aber er achtete kaum auf sie.

Schließlich gab Bruno auf und hielt Ausschau nach klaren Todeszeichen. Tatsächlich hatte die Lichtstarre bereits eingesetzt, die Pupillen des Mannes waren erweitert, und Bruno konnte keine Reflexe mehr feststellen. Er deckte den Verstorbenen mit dessen Jackett ab und wandte sich an die Frau, die immer noch auf ihr Handy eintippte.

»Sie dürfen damit aufhören«, sagte er zu ihr und richtete sich auf. »Ich konnte nichts mehr für ihn tun.«

»Was?«, fragte die Frau und sah ihn an. Sie hielt das Smartphone weiter in ihren zitternden Händen. »Aber das kann nicht sein! Nein! Ich habe doch sofort reagiert und Hilfe geholt.« Sie ließ sich auf dem Sitz nach hinten sinken und begann bitterlich zu weinen.

Bruno griff in seine Tasche und entnahm ihr ein Tablettenröhrchen. »Sie brauchen sich keine Vorwürfe zu machen«, sagte er mit gelassener Stimme und schraubte das Röhrchen auf. »Sie haben völlig richtig gehandelt, indem Sie mich verständigt haben.«

»Aber ich ...« Ihre Augenlider flatterten.

»Wie heißen Sie?«, fragte Bruno ruhig.

»Melanie«, stieß sie aus. »Melanie Weber.«

»Gut«, sagte er und hielt ihr eine Tablette hin. »Nehmen Sie eine davon, Melanie. Es wird Ihnen bald besser gehen.«

»Was ist das?«

»Ein leichtes Beruhigungsmittel«, antwortete Bruno. »Harmlos, aber es wird Ihnen guttun.« Er wartete, bis Melanie die Tablette eingenommen hatte, dann brachte er sie mit sanftem Druck dazu, sich aufzurichten. Bruno ließ sich ihr gegenüber nieder und fragte: »Und? Wie fühlen Sie sich?«

»Schon etwas besser«, sagte sie wenig überzeugend.

»Es ist wichtig, dass Sie gleichmäßig atmen. Ein ... aus ... ein ... aus ...«

»Ja.« Sie atmete tief durch.

Allmählich kam sie wieder zu Kräften, stellte Bruno fest, behielt sie aber aufmerksam im Blick. Nicht, dass sie doch noch kollabierte. »Ist Ihnen schwindelig oder flau im Magen?«

»Nein«, sagte Melanie Weber und machte mit den Atemübungen weiter. »Ein wenig vielleicht.«

»Dann lassen Sie sich Zeit. Nur nichts überstürzen.«

»Mache ich. Danke.«

Bruno registrierte, wie der Zug langsamer wurde. Draußen waren hell erleuchtete Straßen zu sehen, dazu Mehrfamilien- und Geschäftshäuser. Das musste Göttingen sein. Er warf einen Blick auf seine Armbanduhr: kurz vor 20 Uhr.

Bruno biss sich auf die Unterlippe und sagte mehr zu sich selbst: »Ich weiß nicht, ob die alte Dame Erfolg bei ihrer Suche nach dem Zugchef hat. Sie ist schon viel zu lange weg.«

»Soll ich gehen und mich auch nach ihm umschauen?«, schlug Melanie vor.

Bloß nicht!, war Brunos erster Gedanke, am Ende brach sie unterwegs zusammen. Andererseits musste jemand eilig den Zugchef finden, nachdem die alte Dame offenbar kein Glück hatte.

»Soll ich?«, fragte sie noch einmal und machte Anstalten, aufzustehen.

Bruno war unschlüssig, ob er das verantworten konnte. Einerseits wirkte Melanie durchaus tough, gerade eben aber schien ihr Kreislauf am Boden zu liegen. Die Entscheidung wurde ihm abgenommen, als ein weiterer Fahrgast an dem Abteil vorbeikam: der Mann mit Rauschebart und rotem Mantel.

Melanie reagierte sofort und rief ihm zu: »Warten Sie bitte!«

Der Weihnachtsmann blieb stehen, sah erst sie an und dann Bruno. Gleich darauf glitten seine Blicke auf den leblosen Vogt. »Was ist passiert?«, fragte er und reckte den Hals.

»Ein medizinischer Notfall«, sagte Bruno. »Können Sie bitte jemanden vom Personal verständigen? Den Zugchef oder seine Kollegin? Es eilt.«

»Ja, ja«, sagte der Verkleidete, ohne den Blick von Vogt zu wenden. »Was ist denn mit ihm?«

»Lassen Sie das bitte meine Sorge sein, ich bin Arzt und kümmere mich um den Mann«, versuchte Bruno, ihn abzulenken.

»Aber der bewegt sich ja gar nicht«, entgegnete der verkleidete Mann.

»Gehen Sie jetzt bitte, und holen Sie den Schaffner!«, erklärte Melanie nun sehr deutlich. »Es ist wirklich dringend.«

Bruno hätte ihr eine solche Schärfe gar nicht zugetraut. Aber sie zeigte Wirkung: Der Kostümträger wandte sich ab und lief den Gang entlang davon.

»Gut gemacht«, sagte Bruno zu Melanie und führte sie nun ebenfalls in den Gang, außer Sichtweite des Leichnams.

Melanie lehnte sich an einen Fensterrahmen und rang sich ein schwaches Lächeln ab. »Danke für Ihre Hilfe«, sagte sie.

Bruno gefiel ihr Lächeln, es wirkte offen und herzlich. Überhaupt hatte diese Frau etwas an sich, was ihn auf eine unbestimmte Art ansprach. »Wollen wir hoffen, dass der Weihnachtsmann Erfolg hat. Mir wäre es am liebsten, wenn wir beim nächsten Halt alles erledigen könnten.«

»Erledigen?« Melanie schien sich an diesem Wort zu stören, kleine Fältchen formten sich auf ihrer Stirn.

»Falscher Ausdruck, Entschuldigung«, sagte Bruno und ärgerte sich über seine Taktlosigkeit. »Es ist nur so, dass ich diese tragische Angelegenheit gern hinter mich bringen würde. Im Beruf bin ich mit solchen Situationen nämlich fast nie konfrontiert.«

»Aber Sie sind doch Arzt?« Melanie wirkte nun etwas verunsichert.

»Ja, das schon«, beruhigte Bruno sie. »Ich führe eine Kinderarztpraxis. Meine Patienten leiden normalerweise nicht unter Herzproblemen, und wenn doch, sind sie ein Fall für die Kinderklinik.«

»Ein Kinderarzt also«, sagte Melanie mit einem Ausdruck, aus dem Bruno Sympathie las. »Ich hätte beruflich auch sehr gern mit Kindern zu tun gehabt.«

»So?«

»Ja, ich wollte Grundschullehrerin werden, um vorzugsweise die ersten beiden Jahrgänge zu unterrichten. Die Kleinsten sind mir nämlich die Liebsten.«

»Geht mir ähnlich«, stimmte Bruno ein. »Mit den Knirpsen komme ich am besten zurecht. Wobei ich natürlich auch meine älteren Kunden schätze.«

Melanie ließ ein kurzes Kichern hören. »Na ja, ich weiß nicht. Ehrlich gesagt bin ich froh, wenn ich nichts mit Kids in der Pubertät zu schaffen habe. Es sei denn, es wären meine eigenen.«

Bruno registrierte die feine Veränderung in der Stimmungslage. Aus ihren Worten schloss er, dass Melanie keinen eigenen Nachwuchs hatte, sich aber vielleicht welchen wünschte. Er umging das möglicherweise delikate Thema, indem er aus dem Gangfenster zeigte: »Sehen Sie, wir sind in Göttingen.«

»Und immer noch ist kein Schaffner aufgekreuzt«, stellte Melanie fest und folgte Bruno zurück ins Abteil.

GÖTTINGEN – KASSEL

CLEMENS NUTZTE DEN KURZEN HALT in Göttingen, um im Bistrowagen seine Vorräte aufzufüllen. Ein schneller Plausch mit den Kollegen, dann ging es auch schon weiter. Und das war gut so. Clemens mochte die Kollegen im Bistro nicht besonders, weil sie sich für etwas Besseres hielten. Rosi und Bernd glaubten vermutlich, er würde es nicht merken, wie sie auf ihn herabsahen, aber da täuschten sie sich. Er wusste genau, dass sie hinter seinem Rücken über ihn herzogen, weil er mit seinem Trolley durch den Zug tingeln und seine Ware anpreisen musste wie eine Eisverkäuferin im Kino. Sie dagegen bedienten ihre Gäste im Speisewagen wie in einem echten Restaurant.

Doch während er sich über diese Überheblichkeit sonst maßlos aufregen konnte, ließ ihn der Gedanke heute erstaunlich kalt. Statt sich zu ärgern, ertappte er sich sogar dabei, wie er eine Melodie pfiff, während er den Wagen durch die Gänge bugsierte.

Der Grund für die Besserung seiner Laune trug einen Namen: Bertram Vogt. Hatte das unerwartete Wiedersehen mit seinem alten Widersacher ihn zunächst in Angst und Schrecken versetzt, so verspürte er jetzt eine diebische

Freude. Clemens konnte es kaum erwarten, ihn wieder zu Gesicht zu bekommen. Er wollte ihn leiden sehen.

Der Snackverkäufer dirigierte seinen Trolley mit leichter Hand in Richtung des Wagens, in dem Vogt sein Abteil hatte. Er wollte sich möglichst schnell von der Wirkung des Mittels überzeugen, das er Vogt heimlich in den Kaffee gekippt hatte. Hellauf begeistert von seiner späten Revanche und überaus gespannt darauf, wie es dem alten Halsabschneider wohl mittlerweile ging. Hoffentlich fühlte er sich so richtig dreckig!

Clemens hatte es dermaßen eilig, dass er Kundenwünsche ignorierte und den Trolley ohne Halt bis zu dem Wagen schob, in dem er Vogt den Kaffee serviert hatte. Er fragte sich allerdings, ob sich Vogt überhaupt noch in dem Abteil aufhielt. Vielleicht hatte sich der Alte ja in seiner Not auf der Toilette eingeschlossen? Egal, gleich würde er es wissen, denn schon hatte er Wagen 8 und den Bereich mit den Abteilen erreicht.

Clemens' Schadenfreude, die ihn so zufrieden gestimmt hatte wie lange nichts mehr, wandelte sich schlagartig in Verwirrung, als er am Ziel ankam. Beim Blick durch die Scheibe sah er zu seinem Erstaunen weder die alte Dame, die sich zuvor mit Vogt ein Abteil geteilt hatte, noch seinen Widersacher selbst. Stattdessen saß da ein Fahrgast, der seinen Platz eigentlich im Großraumwagen hatte. Clemens erkannte ihn wieder, weil er dem Mann zu Beginn der Fahrt einen Rotwein verkauft und ein anständiges Trinkgeld bekommen hatte. Er war damit beschäftigt, auf sein Smartphone einzutippen. Ihm gegenüber befand sich die jüngere Frau, die zuvor schon da gewesen war. Sie starrte seltsam beunruhigt vor sich hin.

Erst bei näherem Hinsehen stellte er fest, dass halb verdeckt auf den Plätzen neben dem Rotweinkunden jemand lag. Lang ausgestreckt über beide Sitze. Der Kopf der Person war mit einer Jacke abgedeckt. Vielleicht, weil sie schlief?

Clemens schob seinen Wagen ein Stück weiter, um bessere Sicht zu haben. Nun konnte er die Beine und Füße erkennen, die unter dem Mantel hervorlugten. Hatte Vogt nicht genau so eine sandfarbene Bundfaltenhose getragen wie der Schlafende?

Was konnte das bedeuten?, fragte sich Clemens mit aufkommender Unruhe. Ob der alte Mann wirklich ein Nickerchen machte, anstatt sich den Bauch zu halten und gegen die Übelkeit anzukämpfen, so wie es Clemens erwartet hatte? Dann war die Dosis, die er ihm verpasst hatte, wohl nicht groß genug gewesen. Ein mehr als unbefriedigendes Resultat seiner Rache!

Um sicherzugehen, klopfte Clemens an die Scheibe. Er schob die Tür auf und sprach den Mann neben Vogt an, als ob er ihm etwas verkaufen wollte: »Snacks in süß und salzig? Getränke, heiß und kalt? Ich habe auch warme Wienerle dabei«, zählte er auf und bemühte sich, an dem Fahrgast vorbeizuschauen, um mehr vom schlummernden Vogt erhaschen zu können.

»Jetzt nicht!«, sagte der Fahrgast unerwartet schroff und winkte mit der rechten Hand, als wollte er Clemens wie ein lästiges Insekt verscheuchen. »Gehen Sie weiter.«

»Und der andere Herr?«, fragte Clemens und reckte den Hals.

»Gehen Sie weiter!«, wiederholte der Mann sehr resolut.

Clemens zögerte, weil er sich keinen Reim auf diese

Situation machen konnte. Der Rotweintrinker hatte laut und deutlich mit ihm gesprochen, Vogt aber hatte nicht einmal gezuckt. Er schien wirklich tief und fest zu schlafen. Da stimmte doch etwas nicht!

»Ist Ihrem Nachbarn nicht wohl?«, erkundigte er sich.

Daraufhin stand der Fahrgast auf und schob ihn in den Gang zurück.

»Weitergehen«, sagte er noch einmal und schloss die Tür.

Clemens überkam ein beklemmendes Gefühl. Irgendetwas war schiefgelaufen. Der neue Mann im Abteil verhielt sich mehr als merkwürdig. Und dass Vogt wie tot auf dem Sitz lag, kam Clemens unheimlich vor.

Wie tot ...

»Ein komischer Kauz«, sagte Bruno, nachdem der aufdringliche Snackverkäufer endlich abgezogen war.

»Komisch finde ich ihn nicht gerade, eher merkwürdig«, entgegnete Melanie. »Genauso wie den Weihnachtsmann, der hoffentlich bald mit dem Schaffner zurückkommt. Göttingen haben wir jedenfalls verpasst.« Sie sah Bruno an und wartete auf eine Reaktion. So, wie sie ihn in der kurzen Zeit ihrer Bekanntschaft erlebt hatte, würde er handeln, anstatt Däumchen zu drehen. Seine Entschlossenheit sah man ihm schon an, wie sie fand: Er war gut und gern einen Kopf größer als sie und wirkte sportlich. Volles dunkles Haar, markante Wangenknochen und ein kleines Grübchen im Kinn betonten seine Männlichkeit, von der sich Melanie trotz der widrigen Umstände angezogen fühlte.

»Mist«, stieß Bruno aus.

»Wie bitte?« Melanie sah ihn überrascht an.

»Ach, wir hätten den Verkäufer nach dem Zugchef fragen können.«

»Stimmt«, pflichtete Melanie ihm bei. »Aber jetzt, da der ICE wieder fährt, kann es ja nicht mehr lange dauern, bis sich jemand blicken lässt.« Durch das Fenster konnte sie erkennen, wie der ICE sich aus dem Gleisgewirr des Bahnhofs schlängelte und wenig später das Stadtgebiet verließ.

Bruno nickte. »Der Zugchef oder seine Kollegin müssten bald den nächsten Kontrollgang machen und dabei zwangsläufig bei uns vorbeikommen. Mit oder ohne Weihnachtsmann im Schlepptau.«

Richtig, stimmte ihm Melanie still zu, es konnte bloß noch eine Sache von wenigen Minuten sein, bis sie erlöst wurden. Schließlich war es nicht sehr angenehm, das Abteil mit einem Toten zu teilen. Bei diesen Gedanken streiften ihre Blicke den abgedeckten Vogt, und mit einem Mal wurde ihr wieder die ganze Dramatik der Situation bewusst. Ohne dass sie etwas dagegen tun konnte, begann sie zu zittern. Ihre Arme und Beine schlotterten regelrecht, die Zähne klapperten.

Bruno war sofort an ihrer Seite. Sie spürte seine Wärme, als er ihr den Arm um die Schultern legte und sie festhielt. Dabei redete er beruhigend auf sie ein. So lange, bis ihr Körper nicht mehr bebte und sie wieder regelmäßig atmete.

»Sollen wir wieder raus auf den Gang oder das Abteil wechseln?«, schlug er vor, nachdem Melanie sich beruhigt hatte.

»Nein, sonst ist ja niemand da, der dem Zugchef sagen kann, was passiert ist«, widersprach sie.

»Sie muten sich viel zu, aber Sie haben recht. Wir müssen dem Schaffner alles sagen, was wir wissen. Obwohl – viel ist es ja nicht.« Nach einer kleinen Pause fragte er: »Als Sie vorhin in den Großraumwagen gekommen sind und nach einem Arzt fragten, hatten wir wenig Zeit, um auf die Begleitumstände einzugehen. Erzählen Sie mal: Wie hat sich die Herzattacke angedeutet? Hatte Herr Vogt schon vorher über Schmerzen im Brustraum geklagt?«

»Nein, überhaupt nicht«, antwortete Melanie und versuchte, sich die Situation zu vergegenwärtigen. »Der Anfall kam wie aus heiterem Himmel.«

»Von einer Minute auf die nächste, ohne jede Vorwarnung?«, fasste Bruno nach.

»Na ja, er war ziemlich müde, das hat er mehrfach erwähnt. Deshalb hatte er sich ja den Kaffee bringen lassen.« Sie deutete auf die braune Pfütze, die sich vor Vogts Körper noch immer auf dem Boden befand. »Und dann waren da noch die Pillen, die er schlucken musste.«

»Pillen? Welche Art von Pillen waren das?«

»Kleine Kapseln, aus einer Dose, die er in der Jackentasche bei sich trug. Offenbar hatte er vergessen, sie zu nehmen. Als es ihm schlecht ging, hat er danach verlangt. Ich habe ihm eine davon gegeben – aber da war es bereits zu spät.« Wieder erfasste sie ein leichtes Zittern.

»Ich kann die Totenwache auch allein halten«, sagte Bruno, der eng neben ihr sitzen blieb. Dicht genug, dass sich ihre Beine berührten.

»Bitte gehen Sie nicht«, sagte Melanie und warf ihm

einen ängstlichen Blick zu. »Ich möchte jetzt nicht allein sein.« Im nächsten Moment schämte sie sich für diesen Satz, der sie so schwach und wehrlos erscheinen ließ. Das war doch sonst nicht ihre Art. Aber heute war eben alles anders ...

»Schon gut. Wir bleiben zusammen hier«, versicherte Bruno.

»Danke«, sagte Melanie erleichtert. Ihr fiel ein Stein vom Herzen.

Bei diesem netten Kinderarzt fühlte sie sich geborgen und sicher. So nahe wie jetzt eben war sie ihm bisher nicht gekommen. Sie konnte sogar sein Aftershave riechen. Der Duft gefiel ihr. So wie der ganze Mann.

Melanie spürte, dass sie eine Gänsehaut bekam. Diesmal hatte es nichts mit dem Schock über das Erlebte zu tun. Diesmal lagen die Gründe tief in ihrem Inneren. Weil sie merkte, dass Brunos Gegenwart eine Saite in ihr zum Klingen brachte, die sehr lange still geblieben war.

Clemens rollte seinen Wagen wie mechanisch durch den Gang, während ihm bewusst wurde, was passiert sein konnte. Vielleicht hatte er in seiner Wut nicht zu wenig, sondern zu viel von dem Zeug in den Kaffee gegeben? War es möglich, dass der Alte die Dosis nicht vertragen hatte? Dass er daran krepiert war?

Das wäre fatal! So etwas hatte Clemens nicht beabsichtigt, auf keinen Fall. Er hatte Vogt eins auswischen wollen, ja, er wollte ihm einen Denkzettel verpassen, indem er ihn leiden ließ. Aber bestimmt hatte er ihn nicht umbringen wollen! Nein, nein, nein, das hatte er nicht gewollt!

Wie in Trance bewegte er den Trolley vorwärts, ohne wahrzunehmen, was links und rechts von ihm passierte. Er hatte jeglichen Überblick verloren und wusste nicht, in welchem Wagen er sich inzwischen befand. Da ließ ihn eine Männerstimme hinter sich aufhorchen. Meinte der ihn?

»Hallo, Sie! Hallo! Warten Sie doch!«, drang es an sein Ohr.

Clemens hielt an und sah sich um, wer ihn da gerufen hatte. Es war ein alter Mann, fein aufgebrezelt mit einem honiggelben Pullunder, in dessen Ausschnitt eine waldgrüne Krawatte zu erkennen war. Der Mann hatte sein dünnes graues Haar penibel gescheitelt, und auf seiner schmalen Nase saß eine Brille mit dünnem Silberrahmen. Zwei dunkle Knopfaugen musterten Clemens aufmerksam.

»Führen Sie auch Tee?«, fragte der Alte. »Geben Sie mir einen Earl Grey, wenn ich bitten darf.«

»Tee?« Clemens fühlte sich noch immer wie ferngelenkt. »Ich kann Ihnen schwarzen Tee aus der Kanne geben.«

Der Mann verzog leicht den Mund, stimmte dann aber zu. »Besser als nichts.«

Clemens nahm einen Becher aus der Haltevorrichtung und machte sich daran, den Tee aus einer Thermoskanne zu pumpen.

»Zucker?«, fragte er.

»Danke, nein. Was macht das?«

Clemens stellte den dampfenden Becher auf dem Klapptisch am Sitz des Kunden ab und nannte den Preis. Daraufhin reichte der Alte ihm einen Zehneuroschein.

»Moment, ich gebe Ihnen gleich das Wechselgeld«, sagte Clemens und wühlte nach seinem Kellnergeldbeutel.

Der Mann winkte ab. »Lassen Sie nur. Heute ist schließlich Weihnachten.«

»Ja, Weihnachten …«, wiederholte Clemens, konnte sich über das großzügige Trinkgeld jedoch nicht recht freuen. Ohne ein weiteres Wort steckte er den Schein ein.

»Sie haben es nicht leicht, nicht wahr?«, fragte der Kunde, als Clemens schon im Begriff war, weiterzugehen.

»Wie bitte?«

»Nun ja: An einem solchen Tag zu arbeiten ist bestimmt nicht immer einfach.«

Clemens wusste nicht, was er darauf antworten sollte.

»Wissen Sie, was?« Der Alte sah ihn unternehmungslustig an. »Was halten Sie davon, wenn Sie sich einen Moment zu mir setzen? Ich spendiere Ihnen ein Getränk aus Ihrem Sortiment, und Sie gönnen sich ein paar Minuten Pause.«

»Das darf ich nicht«, entgegnete Clemens und blickte sich nervös um. Doch in diesem Waggon saß niemand anders, und auch vom Zugchef war nichts zu sehen.

»Kommen Sie schon«, beharrte der Mann und klopfte mit der Hand auf den freien Platz neben sich.

Clemens stieß ein leises Stöhnen aus. Da seine Beine nach dem Schreck weich wie Gummi waren und er sich fühlte, als hätte man ihn durch den Wolf gedreht, konnte eine Verschnaufpause sicher nicht schaden. Also zog er sich eine Cola aus dem Ausgabefach und ließ sich auf dem Sitz neben dem Alten nieder.

»Walter Humbold«, stellte sich der Mann vor. »So wie der große Forschungsreisende, nur ohne das ›t‹.«

Clemens kannte keinen Humbold. Weder mit noch ohne »t«. Doch das war ihm gleich. Er öffnete den Verschluss der Dose und goss sich die perlende Cola in den Hals.

»Sie werden sich wahrscheinlich fragen, warum ich ausgerechnet an einem solchen Tag mit dem ICE unterwegs bin«, redete der Mann weiter.

Nein, das fragte Clemens sich nicht. Es war ihm eigentlich gleichgültig.

Doch sein Sitznachbar verriet es ihm trotzdem. »Ich habe nämlich einen Bahn-Fimmel.« Er kicherte etwas albern. »Ja, einen regelrechten Fimmel. Ich bin nur zufrieden, wenn ich die Gleise und Schwellen unter meinem Allerwertesten spüre. Können Sie das nachvollziehen?«

Nein, das konnte Clemens nicht. Für ihn war das Bahnfahren lästige Pflicht.

»Ich kenne sie alle«, redete der Alte unverwandt weiter. »Alle namhaften Strecken. Gerade bin ich unterwegs in die Schweiz. Sie können sich denken, warum?«

Clemens schüttelte den Kopf.

»Was gibt es Schöneres, als während der Weihnachtsfeiertage im ›Glacier Express‹ zu reisen?« In schwelgerischem Tonfall fuhr er fort: »Zwischen Zermatt und St. Moritz winden sich die Schienen durch eine spektakuläre Landschaft, über einsame Hochebenen und an urigen Bergdörfern vorbei. Sagenhaft! Und dazu kommt der Luxus, der einem an Bord geboten wird.« Er knuffte Clemens an den Arm. »Apropos Luxus: Ich gebe noch eine Runde aus. Diesmal aber etwas Hochprozentiges.«

»Bier, Weiß- oder Rotwein?«, listete Clemens sein übliches Repertoire an Alkoholika auf.

Daraufhin zwinkerte der Alte ihm verschmitzt zu. »Habe ich nicht gerade gesagt, dass ich vom Fach bin? Mir brauchen Sie nichts vorzumachen. Sie haben sicher auch etwas Härteres dabei, oder? Schauen Sie doch mal in der untersten Schublade nach.«

Clemens kam der Bitte nach und stellte zwei kleine Schnapsflaschen auf den Klapptisch. Der Alte griff sofort zu und schraubte den Verschluss auf.

»Da lacht das Eisenbahnerherz!«, freute er sich und trank.

Auch Clemens setzte das Fläschchen an die Lippen. Doch er hätte sich beinahe an dem hochprozentigen Getränk verschluckt. Das Wort »Eisenbahnerherz« hatte ihn elektrisiert. Sollte Vogt etwa an einem Herzinfarkt gestorben sein? Ausgelöst durch Clemens' Kaffee?

Plötzlich war die alte Dame wieder da. Es war eine gefühlte Ewigkeit her, dass Bruno sie losgeschickt hatte, um nach dem Zugchef zu suchen. Wie ein Geist erschien sie hinter dem Glas der Schiebetür und starrte in die Kabine.

Melanie, die sie nicht gleich gesehen hatte, erschrak und rückte von Bruno ab. Er ließ es zu, auch wenn es ihm schwerfiel, ihre Nähe aufzugeben.

»Kommen Sie rein!«, rief er, doch die Frau im Flur regte sich nicht. Daraufhin erhob sich Bruno mit einem Schnaufen, schob die Tür auf und fragte: »Haben Sie ihn gefunden?« Er streckte den Kopf in den Gang, schaute erst nach rechts und dann nach links. Da war niemand außer ihr.

»Ich … ich …« Mehr bekam sein Gegenüber nicht heraus. Ihre Augen sahen jetzt an Bruno vorbei und richteten sich auf den abgedeckten Toten.

»Der Schaffner«, sagte Bruno nun drängender: »Konnten Sie ihm ausrichten, was passiert ist?«

»Ich … ich …« Wieder stotterte sie, ohne ein Wort zu sagen. Sie schien wie gefangen von dem Anblick, der sich ihr bot.

Für Bruno stand fest, dass etwas geschehen musste. Wenn jeder Passant mit der gleichen Mischung aus Neugierde und Entsetzen reagieren würde wie zuvor der Weihnachtsmann, dann der Verkäufer und nun die alte Frau, dann saßen sie hier fest. Und wenn Vogts Tod sich herumsprach, würden sich bald die Schaulustigen vor der Kabine sammeln. Sehr ärgerlich, dass nach wie vor kein Verantwortlicher der Bahn aufgetaucht war, um die unschöne Situation aufzulösen.

»Ist er … wirklich …« Die Stimme der Alten war so dünn, als könnte sie jeden Augenblick ihren Dienst versagen. »Ist er wirklich tot?«, brachte sie schließlich heraus, ohne den Blick von Vogts Leichnam zu nehmen.

»Ja, er ist tot«, bestätigte Bruno, ein wenig zu schroff, wie er selbst merkte. »Könnten Sie mir jetzt bitte meine Frage beantworten?«

»Leider nein«, sagte die Frau und trat zurück. »Ich habe den Schaffner nirgends finden können.«

»Und seine Kollegin? Irgendwo müssen die beiden doch stecken.«

»Nein, leider auch nicht.« Mit trippelnden Schritten entfernte sie sich rückwärtsgehend.

»Wo wollen Sie denn hin?«

»Ich habe einen anderen Platz gefunden.«

»Und Ihre Sachen?«, rief Bruno ihr nach. »Hier liegt noch Ihr Strickzeug.«

»Später.« Sie hatte das Ende des Gangs erreicht und war kaum noch zu verstehen. »Das hole ich mir später.«

Wahrscheinlich wollte sie dem Toten nicht zu nahe kommen, vermutete Bruno. Verständlich, wie er fand. Trotzdem fuchste es ihn, dass sie einfach nicht weiterkamen. Es war wie verhext: Egal, wen sie ausschickten, um nach den Kontrolleuren zu fahnden, sie blieben doch auf sich allein gestellt.

Er kehrte zu Melanie zurück und setzte sich neben sie. Diesmal blieb eine Lücke zwischen ihnen, denn der Zauber ihrer ersten Berührung war durch das Auftauchen der alten Frau gestört worden.

»Was machen wir jetzt?«, fragte Melanie zaghaft. Offenbar sah sie ihm seine Unzufriedenheit an.

»Uns bis zum nächsten Halt gedulden, wenn nicht doch noch ein Schaffner vorbeikommt.« Er nahm ein Exemplar des Faltblatts »Ihr Zugbegleiter« zur Hand, um nachzusehen, wann sie in Kassel sein würden. Dort sollte der Zug fahrplanmäßig um 20:25 Uhr ankommen. Das waren nur noch zwanzig Minuten. Dennoch behagte ihm diese Verzögerung ganz und gar nicht.

»Es ist zwar sehr unangenehm, aber für den armen Herrn Vogt macht es wohl keinen Unterschied, in welcher Stadt man ihn abholt«, merkte Melanie zaghaft an.

Wollte sie damit ihn oder sich selbst trösten? Bruno

sagte erklärend: »Mich beunruhigt vor allem, dass ich noch keinen Notarzt hinzuziehen konnte.«

»Der könnte aber auch nicht mehr helfen, oder?«

»Dem Patienten nicht, nein. Aber ich mache mir Gedanken um die Diagnose. Ohne medizinische Ausstattung kann ich die genaue Todesursache unmöglich feststellen. Auf Nachfrage müsste ich daher eine sogenannte ›unsichere Todesursache‹ angeben. Dies würde dann auf dem Totenschein angekreuzt, und damit wäre der Verstorbene ein Fall für die Rechtsmedizin.«

»Rechtsmedizin?« Melanie wich die gesunde Röte, die sich in den letzten Minuten wieder eingestellt hatte, erneut aus dem Gesicht. »Das hört sich ja an, als wäre etwas faul. Glauben Sie ...« Sie führte den Gedanken nicht näher aus.

Bruno hob die Schultern. »Wie gesagt: Mir fehlen die Mittel für eine sichere Diagnose.« Sein Unbehagen war ihm selbst nicht ganz erklärlich, denn bei oberflächlicher Betrachtung gab es keinen Anlass für Zweifel. Die Auffindesituation des Toten sprach für einen tödlichen Infarkt, ebenso Melanies Schilderungen dessen, was geschehen war. Auch das Pillendöschen, das sie erwähnt hatte, deutete in diese Richtung: Sehr wahrscheinlich enthielt es Glykoside zur Behandlung von Herzinsuffizienz und Herzrhythmusstörungen. Alles passte zusammen – und trotzdem spürte Bruno, dass etwas nicht stimmte. Dass er vielleicht etwas übersehen hatte. Umso wichtiger erschien es ihm, dass er so bald wie möglich eine weitere fachkundige Meinung einholen konnte.

Endlich, der Zug hatte längst die schneebedeckten Außenbezirke von Göttingen passiert, ließ sich schließlich der Zugchef blicken. Von seiner behäbigen Gemütlichkeit war nichts mehr zu spüren, als er an der Seite seiner Kollegin die Kabine betrat. Die Schaffnerin war vielleicht halb so alt wie er, hatte tiefschwarzes gestuftes Haar und trug einen Piercingring in einem Nasenflügel. Ihr Gesichtsausdruck war genauso ernst wie der des Zugchefs.

»Wir haben einen Todesfall?«, fragte der Bahnmitarbeiter höchst alarmiert und blickte besorgt auf den zugedeckten Vogt. Seine Bestürzung war deutlich, doch zu Brunos Erleichterung fasste er sich sehr schnell und fand zu seiner vorherigen Souveränität zurück. Zunächst vergewisserte er sich: »Sie sind Arzt?«

»Ja«, bestätigte Bruno.

»Ein Mitreisender hat uns informiert. Leider erreichte uns die Nachricht erst nach der Abfahrt in Göttingen.«

»Das haben wir gemerkt«, sagte Bruno, der seine Ungeduld kaum noch zügeln konnte. »Wie geht es jetzt weiter? Was geschieht in solchen Fällen?«

»Bei Notfällen im Zug wird grundsätzlich die Polizei hinzugezogen. Wir, die Zugbegleiter, rufen den Notarzt, der beim nächsten Bahnhof einsteigt, zusammen mit der Bundespolizei, die dann gegebenenfalls ermittelt.«

Das hörte sich an, als habe er einen Notfallplan auswendig gelernt, fand Bruno und sagte: »Mir wäre es viel lieber gewesen, wenn das schon in Göttingen geschehen wäre.«

Daraufhin tauschte sich der Zugchef kurz mit der Kollegin aus, bevor er sagte: »Ich verstehe Sie vollkommen. Wir sind Ihnen zu Dank verpflichtet für Ihren Einsatz und Ihre Geduld. Wir werden den Vorfall gleich über Funk durchgeben und beim nächsten Halt in Kassel für einen Abtransport sorgen.« Nach einem Blick auf seine Uhr sagte er, dass er außerdem ein Tuch besorgen wolle, um die

Fenster zum Gang zu verhängen. »Bedauerlicherweise gibt es in unseren modernen Waggons keine Vorhänge mehr, wie sie früher bei den Abteilen üblich waren. Ich hole rasch eine Tischdecke aus dem Speisewagen, die müsste es auch tun.« Und zu seiner Kollegin: »Rieke, du verständigst inzwischen die Leitstelle.«

»Kann man das Abteil auch absperren?«, fragte Bruno, der von der Lösung mit der Tischdecke nicht überzeugt war.

Der Zugchef schüttelte den Kopf. »Aber ich kann ein Schild aufhängen, ›Zutritt verboten‹. Das sollte reichen. Zum Glück haben wir es ja nicht mehr weit bis nach Kassel.« Mit diesen Worten wandte er sich ab und verließ das Abteil. Die Kollegin mit dem Nasenpiercing folgte ihm auf dem Fuß. »Bin gleich wieder da!«, rief der Zugchef noch, und beide entfernten sich eilends.

Kaum waren sie unter sich, wagte es Bruno, seine Hand auf Melanies Arm zu legen. »Gehen wir lieber auch wieder auf den Gang«, schlug er vor, weil er ihr den Anblick des Toten nicht länger als nötig zumuten wollte. Auch wenn Vogts Gesicht verdeckt war, konnte allein die Vorstellung, einen Raum mit einer Leiche zu teilen, auf die Dauer verstörend wirken. Zumindest auf Menschen, die den Umgang mit Verstorbenen nicht gewohnt waren.

Draußen im Flur lehnte Bruno sich an ein Fenster und betrachtete Melanie, die auf ihn ausgesprochen fragil und zerbrechlich wirkte. Nicht etwa, weil sie ungewöhnlich schmal und dünn war. Nein, sie hatte eine sportliche und auch sehr weibliche Figur, und ihr Gesicht war oval, aber keineswegs hager. Dennoch vermittelte sie gerade den Eindruck, als könnte sie jeden Augenblick auseinanderfallen, so mitgenommen sah sie aus. Ob das wirklich nur an ihrem verschreckenden Erlebnis im Abteil lag? Oder lastete ihr etwas anderes auf der Seele?

»Ich frage mich immer wieder, ob ich nicht mehr hätte tun können«, sagte Melanie betrübt.

»Es kam darauf an, schnell für kompetente Hilfe zu sorgen. Das haben Sie getan.«

»Aber was hat es gebracht? Jetzt ist der arme Mann trotzdem tot.«

»Sie haben selbst gesagt, dass er Pillen bei sich trug, was für eine Vorerkrankung spricht. Sie hätten seinen Anfall ganz gewiss nicht verhindern können. Machen Sie sich also bitte keine Vorwürfe.«

Melanie nickte, während sie ihren Blick nach draußen richtete. Auch Bruno sah nun aus dem Fenster – und wunderte sich. »Eigentlich sollte der Zug auf dieser Strecke viel mehr Fahrt machen«, dachte er laut, als er bemerkte, wie langsam die im Dunkel liegende Winterlandschaft an ihnen vorbeizog.

»Es hat den Anschein, als würden wir gleich anhalten«, meinte Melanie. »Sind wir etwa schon in Kassel?«

Bruno sah auf die Uhr. »Nein, das dauert noch.« Dann hellten sich seine Gesichtszüge auf. War es möglich, dass sie einen unplanmäßigen Zwischenhalt einlegten, weil die Schaffnerin inzwischen die Zentrale informiert hatte und Herrn Vogts Leichnam bereits vor Kassel abtransportiert werden konnte?

Doch die Hoffnung erwies sich als trügerisch. Zwar kam der ICE wenig später tatsächlich zum Stehen, allerdings nicht in einem Bahnhof. Alles, was Bruno in der Dunkelheit erkennen konnte, war die hügelige, kaum besiedelte

Landschaft der Kasseler Berge. Da war nichts zu sehen als windschiefe Bäume und von Felsen durchsetzte Schluchten. Dass die Polizei oder ein Krankentransporter diesen unwirtlichen und tief verschneiten Streckenabschnitt so bald erreichen würde, hielt er für ausgeschlossen.

»Warum halten wir an?«, sprach Melanie aus, was auch er sich fragte.

Bruno sah jemanden kommen, der es ihnen bestimmt verraten konnte: Der Zugchef hetzte mit energischen Schritten auf sie zu, unterm Arm eine zusammengeknüllte Tischdecke.

Er hatte sie kaum erreicht, da drückte er Bruno bereits die Decke in die Hand.

»Hängen Sie die bitte irgendwie auf«, sagte er und gab ihm außerdem eine folierte Tafel, auf der »Außer Betrieb« stand, sowie eine Sicherheitsnadel. »Kümmern Sie sich darum?«

Das war keine Frage, sondern ein Befehl, dachte sich Bruno, dem die geröteten Wangen des Zugchefs auffielen. Der Mann hatte es offensichtlich sehr eilig, weiterzukommen.

»Ich muss eine Durchsage machen«, erklärte der Schaffner, während er sich schon wieder von ihnen entfernte. »Die Weiterfahrt verzögert sich.«

»Warum und wie lange?«, rief Bruno ihm nach.

Doch der Zugchef zog nur die Schultern nach oben.

Der Schnaps, den er zusammen mit dem alten Bahn-Freak getrunken hatte, tat Clemens gut, weil er ihm half, die völlige Konfusion in seinem Kopf zu dämpfen. Aber jetzt musste er dringend weiter. Er musste seinen Job erledigen und durfte nicht riskieren, von den Kollegen beim Abhängen mit einem Fahrgast erwischt zu werden. Außerdem wollte er unbedingt herausfinden, weshalb der Zug gestoppt hatte. Mitten auf freier Strecke.

Das konnte verschiedene Gründe haben, wie Clemens wusste. Etwa, weil es sich im nächsten Bahnhof staute und der ICE warten musste, bis er wieder freie Fahrt hatte. Im Fachjargon hieße das »Verspätung durch vorhergehende Fahrt«. Oft führten auch irgendwelche technischen Probleme wie festgefrorene Weichen oder defekte Signalanlagen zu Verzögerungen. Was Clemens jedoch beunruhigte, war eine andere mögliche Erklärung: Nämlich die, dass die Polizei den Zug zum Anhalten gezwungen hatte.

Das musste er dringend in Erfahrung bringen. Den Zugchef mochte er aber nicht danach fragen. Von dem musste er sich fernhalten, weil er mittlerweile ganz sicher von dem Toten in Wagen 8 wusste und womöglich auch den Kaffeebecher gesehen hatte. Das Gleiche galt für Rieke, die zweite Schaffnerin an Bord. Das war eine ganz Clevere. Wenn es dumm lief, hatten die beiden bereits ihre Schlüsse gezogen und würden ihn bei der Polizei belasten. Weitaus unauffälliger und weniger gefährlich wäre es für Clemens, sich bei den Kollegen im Speisewagen zu erkundigen.

Er löste die Fußbremse seines Trolleys und schob ihn durch die Gänge. Seltsamerweise schien sich niemand sonst an dem unplanmäßigen Halt zu stören. Ganz anders als bei normalen Fahrten, bei denen manche Leute schon unleidlich wurden, wenn es mal zu einer leichten Verspätung von ein oder zwei Minuten kam, ließen sich die Fahrgäste heute Abend nicht aus der Ruhe bringen, sie schienen fast alle völlig entspannt zu sein. Ob das am sprichwörtlichen Weihnachtsfrieden lag, von dem ab und zu die Rede war?

»Liebe Fahrgäste, hier spricht Ihr Zugchef.«

Clemens hielt sofort an, als er die Stimme aus dem Lautsprecher hörte.

»Aufgrund einer Störung im Betriebsablauf verzögert sich leider unsere Weiterfahrt. Sobald das Problem behoben ist, werde ich Sie über die veränderten Ankunftszeiten und noch bestehende Anschlussverbindungen informieren. Wir danken für Ihr Verständnis und Ihre Geduld.«

Betriebliche Störung? Das konnte alles oder nichts heißen. Vielleicht lag wirklich nur ein Defekt vor. Clemens wusste aber, dass solche unverbindlichen Angaben auch dann gemacht wurden, wenn die wahren Gründe verschleiert werden sollten. Bei einem Suizid auf den Schienen beispielsweise – oder bei einem verdeckten Polizeieinsatz.

»So sollte es halten«, sagte Bruno, der die Tischdecke mit den Ecken an der oberen Leiste der Schiebetür fixiert hatte. Eine ziemliche Fummelei, doch das Provisorium erfüllte seinen Zweck: Das Abteil mit dem Leichnam konnte vom Gang aus nicht mehr eingesehen werden. Melanie hatte inzwischen auch das »Außer Betrieb«-Schild befestigt. Ihre Arbeit war damit fürs Erste getan.

»Hoffentlich geht es bald weiter«, sagte sie und merkte, wie gut es ihr tat, etwas Sinnvolles machen zu können. Trotzdem musste sie sich in Acht nehmen, um nicht gleich wieder zusammenzuklappen. Es war ihr daher nur recht, dass Bruno sie vorläufig in seine Obhut nahm.

Dabei merkte sie sehr wohl, dass seine Beweggründe nicht allein medizinischer oder fürsorglicher Natur waren. Sie glaubte zu spüren, dass es ihm ganz ähnlich ging wie ihr selbst. Zwischen ihnen knisterte es. So war es für sie mit einem Fremden schon lange nicht mehr gewesen.

»Was halten Sie davon …«, setzte Bruno an und hielt inne, als er ihr in die Augen sah. »Was halten Sie davon, wenn Sie mich in den Großraumwagen begleiten? Der Platz neben mir ist frei, und Sie machen auf mich den Eindruck, als könnte Ihnen ein wenig Gesellschaft gerade wirklich guttun.« Er blickte sie aufmunternd an. »Nun, was meinen Sie?«

Melanie zögerte mit ihrer Antwort. Am liebsten hätte sie spontan zugestimmt. Aber dann überlegte sie, was das für einen Eindruck machte. Sie war nicht der Typ, der sich jemandem gleich an den Hals warf. Andererseits hörte sich Brunos Vorschlag vernünftig an. Nur weil er ihr einen Platz neben sich anbot, musste das ja nicht heißen, dass er die Situation ausnutzen würde.

»Warum nicht«, beschloss sie. »Gern.«

Nachdem sie in Wagen 9 gewechselt waren und sich gesetzt hatten, öffnete Melanie ihre Handtasche und entnahm ihr ein Beutelchen aus Zellophan-Papier. Sie hielt es Bruno hin. »Möchten Sie eine?«

»Oh, Marzipankartoffeln. Sehr gerne!« Bruno nahm eines der in Zimt gerollten Kügelchen zwischen Daumen und Zeigefinger. »Ich liebe Marzipan. Außer in Dominosteinen, die kann ich wegen des Gelees nicht ausstehen.«

»Ich auch nicht«, entgegnete Melanie und musste kichern. Schön, dachte sie. Endlich ließ ihre Nervosität nach, wozu ihr neuer Bekannter nicht unmaßgeblich beitrug. Sie ließ die Süßigkeit in ihrem Mund verschwinden.

Auch Bruno schien das mit Zimt bestäubte Marzipan zu genießen. Er schloss sogar genüsslich die Augen. Dann reichte er ihr unvermittelt die Hand und bot ihr das Du an. »Ich bin übrigens Bruno.«

Wieder zauderte Melanie kurz, bevor sie einschlug. »Meine Freunde nennen mich Melli. Aber Melanie ist mir eigentlich lieber.«

»Also dann: Melanie.« Bruno betrachtete sie lächelnd. »Verrätst du mir, weshalb du ausgerechnet an Weihnachten mit dem Zug unterwegs bist?«

»Puh!«, stieß sie aus. »Musst du gleich mit der Tür ins Haus fallen?«

Brunos Lächeln verschwand. Er merkte wohl, dass er zu forsch vorging. »Entschuldige«, sagte er geknickt. »Ich bin einfach neugierig.«

»Ist schon gut.« Melanie holte ganz tief Luft. Sie wollte ihrem neuen Bekannten lieber gleich die Wahrheit sagen. »Ich bin sozusagen auf der Flucht. Heute Nachmittag habe ich Hamburg Hals über Kopf verlassen, weil ich mich wohl von meinem langjährigen Freund trennen werde. Wir sind im Streit auseinandergegangen, und das nimmt mich ziemlich mit.«

»Oh.« Bruno sah sie betreten an. »Darf ich weiterhin neugierig sein und fragen, was der Grund dafür war?«

»Er hat mich nicht geschlagen oder so, falls es das ist, worauf du hinauswillst.«

»Ich will auf gar nichts Bestimmtes hinaus, sondern nur verstehen, weshalb du hier bist und mir das Glück zufiel, dich kennenzulernen.«

Das hat er schön gesagt, dachte Melanie und belohnte Bruno mit einer sehr persönlichen Antwort: »Weil Stephan und ich uns entfremdet haben. Innerlich weiß ich das schon lange, aber wollte es mir selbst gegenüber nicht zugeben. Im Alltag ist es meist im allgemeinen Trubel untergegangen, aber an Festtagen wie Heiligabend, wenn man eigentlich von Freude erfüllt und zufrieden sein sollte, kann man es nicht mehr überspielen.«

»Ich verstehe.«

»Wirklich?« Melanie sah ihn jetzt ganz offen an. »Wie steht es denn bei dir?«

»Ich bin unterwegs zu meiner Familie. Oder sagen wir: zu dem, was von meiner Familie noch übrig ist. Meine Frau und ich sind seit zwei Jahren geschieden.«

»Dann ist es dir ja wirklich ganz ähnlich ergangen«, folgerte Melanie. »Irgendwann war die Liebe einfach vorbei. Oder gab es einen konkreten Anlass für eure Trennung?«

»Jetzt stellst du genauso indiskrete Fragen wie ich. Aber das ist okay, ich habe nichts dagegen.« Bruno lächelte sie an. »Nein, es gab keinen besonderen Anlass. Viel Streiterei, meistens ging es dabei um Unwesentliches. Solange die Kinder klein waren, haben wir versucht, die Risse in unserer Beziehung immer wieder zu kitten. Später aber hat das nicht mehr funktioniert.«

»Und jetzt bist zu unterwegs zu deinen Kids, ja?«

»Gut, dass sie das nicht hören. ›Kinder‹ sind die beiden

längst nicht mehr. Lisa hat letzten Monat ihren Achtzehnten gefeiert und das Abi in der Tasche, Max wird nächstes Jahr auch schon sechzehn.«

»Sie leben bei deiner Frau?«

Bruno nickte. »Ja, Sandra und ich haben uns darauf verständigt. Aber ich versuche, die zwei so oft wie möglich zu sehen.« Leise fügte er hinzu: »Soweit das machbar ist auf die Distanz. Hamburg und München – das ist nicht gerade ein Katzensprung.«

»Aber warum …« Sie unterbrach sich selbst und biss sich auf die Lippen.

»Nur zu: Was wolltest du mich fragen?«, ermunterte Bruno sie.

»Es geht mich ja nichts an«, sagte Melanie, »aber bist du nicht einen Tag zu spät dran, wenn du mit deiner Familie feiern möchtest? Ich meine: *Heute* ist Heiligabend.«

Bruno zeigte ein dünnes Lächeln. »Der Heiligabend ist meiner Ex vorbehalten. Am ersten Weihnachtsfeiertag bin ich an der Reihe. Ich werde Lisa und Max zum Frühstück treffen, dann machen wir uns ein paar schöne Stunden.« Er seufzte. »Offen gesagt: Wir alle vier zusammen unterm Christbaum – das würde nicht gut gehen. Sandra und ich würden uns schon in den ersten zehn Minuten in die Wolle kriegen. Ganz zu schweigen von meiner Dauerfehde mit der Ex-Schwiegermutter. Insofern ist es okay so, wie es ist. Bloß die Bahnfahrt am 24. Dezember und die Nacht allein in einem anonymen Hotelzimmer behagt mir nicht.«

»Das tut mir leid.«

»Braucht es nicht.« Bruno streckte sich. »Mir geht es ja eigentlich gut, ich habe in Hamburg meine Heimat, in der ich mich wohlfühle, und wer weiß: Vielleicht verschlägt es meine Tochter oder meinen Sohn zum Studieren auch wieder in den Norden.«

»Das dürfte Sandra nicht gefallen«, sagte Melanie leise.

Bruno lachte. »Gut erkannt. Sie würde im Fünfeck springen.«

Melanie sah hinauf zum Gepäckfach und bemerkte: »Ist der kleine Koffer da deiner? Hast du da auch noch die Geschenke für Max und Lisa drin?«

»Heikles Thema«, räumte Bruno ein. »Was Überraschungen anbelangt, bin ich ein lausiger Vater. Jedes Mal bin ich zu spät dran, um noch Geschenke zu besorgen. Wahrscheinlich läuft es wieder mal auf einen Gutschein hinaus.«

»Einen Gutschein für was?«

»Ein Besuch im Deutschen Museum vielleicht, da gibt es immer mal wieder spannende Sonderausstellungen. Oder ich lade die beiden zum Sushi-Essen ein, das mögen sie.«

»Mmh. Wenn du sie gern mal länger um dich haben möchtest, hol sie doch nach Hamburg. Geht ins *Dungeon* mit seiner Historienshow, da kommen die beiden bestimmt auf ihre Kosten. Und danach besucht ihr eine der angesagten Bars in St. Pauli.«

»Keine schlechte Idee.«

Melanie hielt ihm erneut die Zellophan-Tüte hin. Bruno griff zu und nahm sich eines der Marzipanbällchen heraus. Dabei fielen ihr seine sorgsam gepflegten Finger auf. Sie stellte sich vor, wie sanft diese Hände sein konnten. Unwillkürlich musste sie wieder an Stephan denken. An seine anfängliche Zärtlichkeit.

»Heute hatten wir schon alles für unser Fondue vorbereitet«, brach es jetzt aus ihr heraus. »Der Baum war geschmückt, meine Weihnachts-Playlist lief, die Kerzen am Adventskranz brannten. Es hätte so schön werden können. Warum musste er ausgerechnet an einem solchen Tag einen Streit vom Zaun brechen? Weihnachten, das Fest der Liebe ... Von wegen!«

Bruno legte wieder den Arm um sie. Aber diesmal nicht, um einen Zitteranfall zu kurieren. Diesmal verband er es mit einem Streicheln. Dann näherten sich seine Lippen ihrem Ohr, und er flüsterte: »Weiß dein Freund eigentlich Bescheid? Hast du ihm gesagt, dass du aus Hamburg wegfährst?«

Clemens kam beim Speisewagen an, seinem »Hafen«, wie er ihn gern nannte. Denn hier konnte er nicht nur die Vorräte auffüllen, sondern auch Pause machen und mit den Kollegen reden. Ihre Hochnäsigkeit hin oder her, ein paar Worte mit ihnen zu wechseln und sich über den neuesten Bahnklatsch auf dem Laufenden zu halten konnte nie schaden.

Generell besitzen die ICE-Speisewagen ein Bordrestaurant zum Hinsetzen, wo Tellergerichte serviert werden, und ein Bordbistro mit Stehtischen, wo es lediglich Getränke und Snacks gibt. Dazwischen befinden sich der Verkaufstresen und die Küche, und die war Clemens' Rückzugsort.

Heute Abend schoben Rosi und Bernd Dienst, die beide schon ewig bei der Bordgastronomie beschäftigt waren.

Rosi bediente gerade Kundschaft im Restaurant, das weihnachtlich dekoriert war. Auf den Tischen lagen Glitzerkram und künstliche Tannenzweige, und es gab einen kleinen Teller mit Plätzchen und Zimtsternen. Sogar ein paar flammlose LED-Kerzen hatte Rosi aufgestellt. Echte Kerzen kamen natürlich nicht infrage, das verbot der Brandschutz.

Wie Clemens bemerkte, hatte sich auch die Kundschaft fein herausgeputzt: Das Paar, beide um die sechzig, war gekleidet wie für einen Opernbesuch, inklusive Fliege am Hals des Mannes und ein fettes Collier an dem der Frau. Auf dem Tisch lag purpurrotes und waldgrünes Papier, woraus Clemens schloss, dass die beiden einander beschenkt hatten. Auch eine Flasche Wein stand auf dem Tisch, der beste auf der Karte, wie Clemens schon von Weitem am Etikett erkennen konnte. Auch beim Essen hatten sich die Herrschaften nicht lumpen lassen, auf den Porzellantellern befand sich Gänsebrust in Waldpilzsoße. Wieder zwei in bester Weihnachtsstimmung, dachte er bei sich, und erneut stieg Beklemmung in ihm auf.

»Ist dir nicht gut?«, erkundigte sich Bernd, der Clemens die Tür zur Küche aufhielt. »Du bist ja blass wie der Tod.«

Clemens war so schwindlig, dass er sich am Trolley festhalten musste. Er sah seinen untersetzten Kollegen mit der rosigen Nase verkniffen an. »Alles fein«, log er und schob seinen Wagen durch den schmalen Eingang.

»Viel hast du ja nicht an den Mann gebracht«, bemängelte Bernd mit Blick auf Clemens' Auslagen, die nahezu unberührt waren. Der Kellner ließ dennoch etwas Mitgefühl erkennen, als er feststellte: »Läuft für dich wohl heute nicht so toll, was?« Er wandte sich zu einem großen Automaten um. »Magst du einen Kaffee? Ich meine nicht deine Filterbrühe, sondern einen Vernünftigen aus der Maschine. Cappuccino?«

»Okay«, sagte Clemens und lehnte sich gegen eine Anrichte.

Kaffee. Schon wieder eines dieser Reizworte! Er musste unbedingt dafür sorgen, dass die Polizei den Becher nicht in die Finger bekam. Bloß wie? Sollte er auf gut Glück noch einmal bei dem Abteil vorbeischauen und sich den Becher schnappen? Doch dazu müsste er wissen, ob die Luft rein war. Um herauszufinden, ob es sich tatsächlich um einen Polizeieinsatz handelte, der die Zwangspause bewirkt hatte, fragte er: »Weißt du, warum wir auf freier Strecke halten?«

Bernd ließ erst aufgeschäumte Milch und dann Kaffee in eine Tasse fließen. »Da sind kurz vor Kassel wohl ein paar Äste abgeknickt, haben die Schneelast nicht ausgehalten. Gerade sind sie dabei, das Gleis frei zu machen.«

»Ach«, sagte Clemens und atmete auf. »Dann ist gar keiner zugestiegen?«

Bernd reichte ihm die Tasse und sah ihn amüsiert an. »Wer sollte hier denn zusteigen? Hast du mal aus dem Fenster geguckt? Da draußen liegt der Hund begraben. Nicht die kleinste Ortschaft in der Nähe, geschweige denn eine Straße.«

»Ich dachte ja bloß ...«, sagte Clemens, setzte die Tasse an seine Lippen und verbrühte sich beim ersten Schluck. »Ein paar Fahrgäste haben sich erkundigt, was da wohl los ist. Ich muss wissen, was ich denen sagen soll.«

»Ist keine große Sache«, meinte Bernd. »Der Zugchef ist

eben vorbeigekommen. Er sagt, dass die Feuerwehr schon vor Ort ist und es in zehn bis fünfzehn Minuten weitergeht. Du kannst deine Fahrgäste also beruhigen.«

»Gut, mache ich«, sagte Clemens, setzte den kaum angerührten Cappuccino ab und stellte sich wieder hinter seinen Trolley.

»Willst du schon weiter?«

»Ja klar, die Pflicht ruft«, antwortete Clemens. »Danke für den Kaffee.«

So schnell es ihm mit dem Verkaufswagen möglich war, verließ Clemens den Speisewagen und durchquerte den Zug. Er wollte zum Wagen 8, wo er hoffte, das Abteil mit dem Toten ohne einen Aufpasser vorzufinden. Und selbst wenn sich dieser unsympathische, arrogante Kerl darin aufhalten sollte, der ihn vorhin so brüsk abgewiesen hatte, würde er versuchen, die Sache durchzuziehen. Er würde einfach behaupten, er sammle den Müll ein, und würde den Becher im Abfallfach seines Trolleys verschwinden lassen, ehe der andere etwas dagegen unternehmen konnte.

Er befand sich auf halbem Weg, mitten im Waggon 6, als jemand nach ihm rief: »Hey! Sie da mit dem Wagen!«

Clemens stutzte. Die Männerstimme in seinem Rücken klang resolut und energisch. So redete kein gewöhnlicher Kunde. War die Polizei etwa doch an Bord? Hatte Bernd ihn belogen, um ihn in Sicherheit zu wiegen? Waren sie ihm also doch schon auf den Fersen? Verdammt! Was sollte er jetzt tun?

Ihm wurde abwechselnd kalt und heiß. Mit beiden Händen klammerte er sich fest an die Griffe des Trolleys und verlangsamte das Tempo.

»Hey, Mann, hören Sie nicht?« Wieder die Stimme, diesmal noch ungehaltener.

Er hielt den Trolley an, drehte sich langsam um – und stand dem Weihnachtsmann gegenüber!

»Ich muss Sie was fragen«, sagte der Mann und kratzte sich unter dem falschen Bart.

»Äh, ja?« Clemens war einerseits erleichtert, dass er es doch nicht mit einem Beamten, sondern bloß mit dem Verrückten zu tun hatte. Andererseits kam es gerade auf jede Sekunde an. Er durfte sich nicht aufhalten lassen, wenn er den verräterischen Becher noch vor Kassel beseitigen wollte. Der Zug konnte sich jeden Moment wieder in Bewegung setzen.

»Sie sind mit Ihrem rollenden Verkaufsstand doch ständig unterwegs, oder?«

»Äh, ja«, sagte Clemens noch einmal.

»Dann haben Sie bestimmt etwas davon mitbekommen.« Der Verkleidete sah ihn abwartend an.

»Mitbekommen? Meinen Sie den unplanmäßigen Halt? Der Grund dafür ist, dass Äste auf den …«

»Das meine ich nicht«, unterbrach ihn sein Gegenüber ungeduldig. »Es geht um den Todesfall in Wagen 8.«

Clemens spürte, wie sich sein Hals zuschnürte. »Ich muss jetzt weiter«, sagte er und wollte sich wieder seinem Trolley zuwenden.

Doch der Weihnachtsmann ließ nicht locker: »Wissen Sie etwas Näheres? Haben Sie irgendeine Beobachtung gemacht oder gar etwas oder jemanden in der Nähe des Abteils gesehen?«

»Nein!«, antwortete Clemens schroff und schob den Wagen weiter. »Nein, ich habe nichts gesehen.«

Der seltsame Weihnachtsmann ließ ihn nicht in Ruhe, er folgte Clemens einige Schritte weit und fragte beharrlich weiter: »Sind Sie irgendwann zu Beginn der Fahrt mit Ihrem Rollwagen an diesem Abteil vorbeigekommen? Haben Sie dem Verstorbenen oder seinen Mitreisenden etwas verkauft?«

»Ich weiß nicht«, wehrte Clemens ab und ging schneller. »Kann mich doch nicht an jeden Kunden erinnern.«

»So viele können es heute nicht gewesen sein.«

»Trotzdem kann ich mich nicht erinnern. Lassen Sie mich jetzt meine Arbeit machen, sonst beschwere ich mich doch noch beim Zugchef über Sie.«

»Okay«, sagte der merkwürdige Fahrgast, blieb stehen und gab endlich Ruhe.

Als Clemens das Ende des Waggons erreicht hatte, warf er noch einen Blick über die Schulter zurück. Der Weihnachtsmann war ihm nicht mehr gefolgt, sondern ging in die entgegengesetzte Richtung davon.

So ein verfluchter Spinner!, ärgerte sich Clemens. Dieser Typ hatte ihm eine Heidenangst eingejagt. Was er wohl mit seiner Fragerei bezweckte? Ob er bloß neugierig war? Sensationsgierig?

Während Clemens seinen Weg fortsetzte, kam ihm eine andere Möglichkeit in den Sinn: Es könnte sich um einen Journalisten handeln, der als Santa getarnt auf der Suche nach einer ausgefallenen Story war. Oder aber ...

Clemens stolperte fast über seine eigenen Füße, als ihm eine weitere erschreckende Variante einfiel. Eine, die ihm gar nicht behagte. Was, wenn der Weihnachtsmann ihn dabei beobachtet hatte, wie er Dr. Vogt den Kaffee serviert hatte – kurz bevor dieser starb? Möglich wäre es, denn er war mit seinen Schokonikoläusen ja unentwegt durch den Zug gelaufen. Er hätte also im entscheidenden Moment in der Nähe gewesen sein können.

Und nun? Wollte der Mann ihn etwa erpressen?

Bruno befürchtete, mit seiner letzten Frage, ob Melanie ihren Freund überhaupt über ihre Fahrt nach München informiert hatte, zu weit gegangen zu sein. Sie brauchte lange, um eine Antwort zu formulieren.

»Stephan weiß, dass er den Bogen diesmal überspannt hat. Ich habe ihm eine WhatsApp geschrieben, dass ich vorerst weg bin. Wohin, das braucht er nicht zu wissen.« Sie nahm die nächste Marzipankartoffel und verschlang sie hastig. »Er hat seitdem ein paarmal versucht, mich zu erreichen, aber ich habe ihn immer wieder weggedrückt. Jetzt gibt er Ruhe.«

Etwas besorgt fragte Bruno: »Hast du denn in München jemanden, der sich um dich kümmert?«

»Ja, ja«, antwortete Melanie und unterdrückte ein Schluchzen. »Ich komme bei meiner besten Freundin unter. Sonst haben wir bloß telefoniert, wenn Stephan und ich uns in der Wolle hatten. Doch diesmal reicht es mir nicht, nur ihre Stimme zu hören. Ich brauche jetzt jemanden zum Anlehnen.«

»Verständlich«, stimmte Bruno ihr zu und spürte die Wärme ihrer Haut unter seinen Fingern. Wie gern hätte er es übernommen, Melanie anstelle ihrer Freundin aufzumuntern. Doch das zog er natürlich nicht wirklich in Betracht. Er wollte ihre Schwäche keinesfalls missbrauchen. Aber gern hätte er ihr mit Rat und Zuversicht geholfen, wusste nur nicht recht, wie er anfangen sollte.

Melanie nahm es ihm ab, nach den passenden Worten zu suchen, denn sie straffte die Schultern und wechselte das Thema: »Wie ist es denn so, als Kinderarzt zu arbeiten?«

»Immer viel zu tun«, griff Bruno die Frage bereitwillig auf. »Doch es macht mir Spaß, wie ich ja schon sagte, abgesehen vom Papierkram. Ich möchte meine Profession gegen keinen anderen Beruf eintauschen.« Er musterte sie neugierig. »Und du bist also Lehrerin?«

»Nein, das hast du missverstanden«, erwiderte Melanie. »Das wäre ich gern geworden. Aber zu dem Zeitpunkt, als ich mit dem Studieren anfangen wollte, sah es mit den Berufschancen für Lehrer nicht besonders gut aus. Also habe ich es gelassen.«

Noch eine Weichenstellung in ihrem Leben, die nicht ihren eigentlichen Wünschen entsprach, stellte Bruno fest und fragte: »Und für was hast du dich stattdessen entschieden?«

»Ich bin Chemielaborantin«, sagte sie und ergänzte: »Bei einem kleinen Unternehmen in Borgfelde.«

Chemielaborantin also. Dann arbeitete sie ja in einem Beruf, der von seinem gar nicht so weit entfernt war. Sie wusste vielleicht um die Wirkung von Herzpräparaten und kannte ihre heilende Kraft, und es waren ihr auch die fatalen Auswirkungen von falscher Dosierung bekannt. Seltsam, dass sie erst jetzt darauf zu sprechen kamen. Aber bis eben hatten sie beide ja weiß Gott anderes im Kopf gehabt, als sich über ihre Berufe auszutauschen. Umgehend verwarf Bruno den kurzen Anflug von Argwohn. Es gab ja auch keinen Anlass dafür, denn warum hätte Melanie dem alten Vogt etwas antun sollen?

Statt seine Überlegungen offenzulegen, kam er auf seinen eigenen Beruf zurück und sagte: »Du hast dich vermutlich gefragt, ob du wirklich den Richtigen zu Hilfe geholt hast. Aber ich kann dir versichern: Man muss kein Internist sein, um festzustellen, ob jemand nicht mehr lebt. Die Basisausbildung ist bei allen Medizinern gleich.«

»Das wollte ich auch gar nicht anzweifeln«, versicherte Melanie, und es hörte sich überzeugend an.

Das wäre also geklärt, dachte Bruno und fragte sich, ob er Melanie zu einem Getränk in den Speisewagen einladen sollte. Sie könnten dort auch eine Kleinigkeit zusammen essen, einen Salat vielleicht oder eine Suppe, anstatt eine Marzipankartoffel nach der anderen in sich hineinzustopfen.

In diesem Moment verspürte er einen leichten Ruck, der Zug setzte sich wieder in Bewegung. Unwillkürlich sah Bruno auf die Uhr: Sie hatten zwanzig Minuten verloren. Doch nun würde es nicht mehr lange dauern, bis sie den nächsten Bahnhof erreichten. Dann – endlich! – konnte er die Last der Verantwortung für den Verstorbenen an einen Kollegen und an die Polizei abtreten. Bruno atmete befreit auf.

Auf dem Weg zu Wagen 8 blieb Clemens immer wieder stehen und bot seine Waren an, um nicht durch übertriebene Hektik aufzufallen. Einmal verkaufte er jemandem eine

Packung Kartoffelchips, einmal gab er Orangensaft und einen Schokoriegel aus. Trotz dieser Verzögerungen kam er flott durch den kaum belegten Zug. Was auch nötig war, denn mittlerweile fuhren sie wieder. Der ICE beschleunigte und würde in nicht einmal zehn Minuten am Haltepunkt Kassel-Wilhelmshöhe einfahren. Clemens musste sich sputen, um das Abteil in Wagen 8 zu erreichen, sich den Pappbecher zu schnappen und ihn samt Inhalt verschwinden zu lassen. Ein für alle Mal.

Das sollte doch genügen, um jeglichen Verdacht gegen ihn zu zerstreuen. Oder etwa nicht? Plötzlich kam ein neuer verstörender Gedanken in ihm auf: Konnte es sein, dass man den Kaffee, den Vogt getrunken hatte, auch in dessen Magen nachweisen konnte – und ebenso das Mittel, das Clemens ihm untergemischt hatte? Wenn man die Magenflüssigkeit in einem Labor untersuchte, also so etwas wie eine Analyse vornahm, würde man Clemens doch noch überführen können. Etwas ganz Ähnliches hatte Clemens erst neulich in einem Fernsehkrimi gesehen. Da hatte sich ein Giftmörder seiner Sache sehr sicher gefühlt, war am Ende aber trotz all seiner Raffinesse aufgeflogen. Eben durch eine solche Analyse des Mageninhalts und eine Zeugenaussage.

Es war zum Verrücktwerden! Clemens spürte, wie ihm erneut der Schweiß ausbrach. Am liebsten hätte er laut geschrien. Doch wenn er jetzt die Nerven verlor, hatte er erst recht keine Chance, ungeschoren davonzukommen. Das war ihm klar. Daher musste er Ruhe bewahren. Unter allen Umständen! Also schob er die störenden Erwägungen beiseite und konzentrierte sich ganz auf sein Vorhaben, so schnell wie möglich den Becher zu holen.

Sein Ziel fest vor Augen, wurde er jedoch in Wagen 7 ausgebremst: Eine Reisetasche ragte so weit in den Gang, dass er nicht weiterkam. Die Besitzerin der Tasche schlief. Clemens versuchte, das Hindernis mit dem Fuß fortzuschieben, kam aber nicht dicht genug ran.

»Entschuldigen Sie«, sprach er die Schlafende an.

Die Frau rührte sich nicht, woraufhin er sie anstupste. Sie schlug die Augen auf, nahm die Kopfhörer ab und fragte: »Ja?«

»Ihre Tasche«, sagte Clemens mit drängendem Unterton.

»Oh«, sagte die Frau und beugte sich in aller Seelenruhe nach unten. Zentimeterweise drückte sie das Gepäckstück zwischen die Sitzreihen.

Na endlich, dachte Clemens und wollte schleunigst weiter.

Aber die Frau hatte inzwischen seine Auslagen entdeckt und sagte: »Haben Sie Alsterwasser? Dann nehme ich eins. Und eine Packung Salzstangen dazu.«

Clemens fuhr sich mit der Hand durch die Haare. Auch das noch! Wenn er jetzt einen weiteren Verkaufsstopp einlegte, kostete ihn das noch mehr Zeit. Zeit, die er definitiv nicht besaß.

»Alster ist aus«, log er und stieß den Wagen an.

»Und was ist mit den Salzstangen?«, fragte die Frau.

»Auch aus.«

»Aber ich sehe sie doch von hier aus!«

Darauf griff Clemens in den Korb mit den Knabbereien und warf ihr eine Packung zu. Ohne zu kassieren, trieb er den Trolley weiter durch den Gang.

Auf den letzten Metern wurde er nicht mehr aufgehalten. Fast hatte er das Abteil erreicht und wähnte sich endlich am Ziel. Der Gang war menschenleer, niemand schob vor der Abteiltür Wache. Alles würde gut werden, beruhigte sich Clemens und fühlte tiefe Erleichterung in sich aufsteigen.

Doch dann folgte die kalte Dusche: Jemand hatte das Abteil mit einem Tuch verhängt! Clemens erkannte sofort, dass es sich bei dem provisorischen Sichtschutz um eine der Tischdecken aus dem Speisewagen handelte. In Augenhöhe befand sich noch eine Tafel mit der Aufschrift »Außer Betrieb«. Diese Schilder wurden normalerweise an die Türen von nicht funktionierenden oder zu stark verunreinigten Toiletten gepappt. Aber was hatte dieser Hinweis hier zu suchen? Wahrscheinlich sollten dadurch Unbefugte abgehalten werden, das Abteil mit der Leiche zu betreten. Niemand sollte die Totenruhe stören. Das Abteil zu verhängen ergab also durchaus Sinn, doch es durchkreuzte seinen Plan. Wie zum Teufel sollte er jetzt an den Becher kommen?

Aus den Augenwinkeln sah er Lichter durchs Fenster schimmern. Die Lichter der Stadt! Sie fuhren also schon durch die Vororte von Kassel.

»Verdammt! Verdammt! Verdammt!«, schimpfte er vor sich hin.

Sollte er sich einfach über das Verbotsschild hinwegsetzen? Ja, machte er sich Mut, schließlich gehörte er zum Personal, und sein Druck, etwas zu tun, war groß genug. Außerdem wäre er ja im Nu wieder draußen. Er brauchte nur kurz ins Abteil huschen, sich den Becher schnappen und sofort wieder verschwinden. Eine Sache von Sekunden.

Sicherheitshalber sah er sich noch einmal um. Niemand war in der Nähe, und die benachbarten Abteile waren zu seinem Glück nicht besetzt. Ein letzter Blick aus dem Fenster verriet ihm, dass sie das Tempo bereits gedrosselt hatten. Er erkannte verschneite Straßenzüge und Häuser, deren weiße Dächer von Laternen beschienen wurden. Nur noch wenige Minuten bis zum Einfahren in den Bahnhof.

Jetzt oder nie! Clemens fasste sich ein Herz, bekam das Tischtuch an einem Zipfel zu fassen und wollte es anheben, als er mitten in der Bewegung innehielt.

Täuschte er sich, oder hatte er gerade etwas gehört? Ein Geräusch, das aus dem Abteil gekommen war? Aus dem Abteil mit dem Toten! Konnte das denn sein? Wohl kaum, sagte er sich. Wahrscheinlich spielten ihm seine Nerven einen Streich. Kein Wunder bei dem angespannten Zustand, in dem er sich befand.

Wieder fasste er nach der Decke – und erneut schreckte er zurück. Da war es wieder! Eindeutig, diesmal hatte er sich ganz sicher nicht verhört. Etwas oder jemand musste sich in dem Abteil aufhalten. Ein Tier? Doch wo sollte das herkommen? Ein Mensch? Wenn ja, konnte es jemand vom Personal sein? Oder etwa ein Fahrgast? Aber was hätte der in einem gesperrten Abteil zu suchen?

Während sich in seinem Kopf die Gedanken überschlugen, drangen neue Geräusche an sein Ohr. Er meinte, das Rascheln von Stoff zu hören, das Schaben von Fußsohlen und dann – ein kurzes, metallisches Schnappen. Machte sich jemand am Gepäck des Toten zu schaffen?

Ein Dieb! Sollte das stimmen, müsste Clemens das unverzüglich melden. Er müsste den Zugchef informieren. Zumindest unter normalen Umständen. Heute Abend herrschten allerdings keine normalen Umstände, sondern ganz das Gegenteil. Wenn Clemens sich an die Vorschriften hielt, würde er alle Aufmerksamkeit auf das Abteil lenken, in dem noch immer der ihn belastende Becher stand. Ein Ding der Unmöglichkeit!

Clemens kam nicht mehr dazu, sich einen Ersatzplan zurechtzulegen, denn eben fuhren sie im Bahnhof Kassel-Wilhelmshöhe ein. Sein Blick klebte jetzt am Fenster. Clemens mochte die nüchtern-kühle Architektur dieser Station nicht. Und ausgerechnet hier würde er, davon musste er ausgehen, von der Polizei einkassiert werden.

Er spähte zum Bahnsteig und rechnete damit, jeden Augenblick den ersten Uniformierten zu entdecken. Doch alles wirkte wie ausgestorben. Keine Menschenseele zu sehen. Der ICE bremste bis auf Schrittgeschwindigkeit ab, als doch noch eine Personengruppe in Clemens' Gesichtsfeld rückte. Seine Befürchtungen bewahrheiteten sich: Es handelte sich um mehrere Bundespolizisten, denen einige Leute vom Rettungsdienst in reflektierenden Jacken folgten.

Er verspürte den zwingenden Impuls, aus dem Zug zu springen und das Weite zu suchen. Bloß weg von hier! Doch ihm war voll und ganz bewusst, dass er sich dadurch erst recht verdächtig machen würde. Deshalb durfte er sich auch keinesfalls in der Nähe von Vogts Abteil aufhalten, wenn die Polizisten zustiegen. Er musste von hier verschwinden, so schnell er konnte!

Clemens löste die Fußbremse seines Wagens und schob ihn in den nächsten Waggon. Um den Becher würde er sich bei nächster Gelegenheit kümmern – falls es bis dahin nicht zu spät war.

KASSEL

ALS DER ZUG IN KASSEL EINFUHR, stand Bruno auf. »Ich muss zurück in Wagen 8«, sagte er, »um die Übergabe des Toten zu begleiten und mit dem Notarzt zu sprechen.«

»Soll ich mit?«, bot Melanie an.

»Dafür bist du noch zu blass um die Nase«, sagte Bruno mit fürsorglichem Lächeln. »Nein, bleib nur hier. Sollte deine Aussage gebraucht werden, gebe ich dir Bescheid.«

Melanie legte keinen Protest ein, sodass er sich ganz auf die unangenehme Aufgabe konzentrieren konnte, die nun vor ihm lag.

Als er im Abschnitt mit den Abteilen ankam, waren zwei Polizisten in dunkelblauen Uniformen schon dabei, das Tuch abzunehmen. Hinter ihnen standen der Zugchef und ein bulliger Mann, auf dessen Warnweste in großen Lettern die Bezeichnung »NOTARZT« prangte.

Bruno stellte sich vor und betrat dann zusammen mit dem Notarzt das Abteil. Dieser machte sich umgehend daran, den Verstorbenen zu untersuchen, und kam sehr schnell zu dem gleichen Schluss wie zuvor Bruno: Er stellte kühl und sachlich den Tod von Herrn Vogt fest und schloss sich auch Brunos Diagnose an, dass es sich um ein Herz-Kreislauf-Versagen gehandelt habe.

Bruno wies darauf hin, dass Vogt eine Dose mit Tabletten bei sich gehabt habe, von denen er während des Anfalls eine genommen hatte. Wahrscheinlich habe es sich um Herzpräparate gehandelt.

»Also ein eindeutiger Befund«, gab der Notarzt brummelnd von sich und sah auf seine Armbanduhr. Er hatte es offensichtlich eilig, vielleicht musste er gleich zum nächsten Einsatz. Er klappte schon seinen Arztkoffer zu.

»Dennoch rate ich zu einer Autopsie«, bremste Bruno ihn in seinem Schwung.

Der Notarzt reagierte ziemlich unwirsch: »Eine Sektion ist nach Lage der Dinge nicht notwendig. Wir können doch von einer Grunderkrankung ausgehen, nicht wahr?«

»Ich würde gern auf Nummer sicher gehen«, beharrte Bruno.

»Sind Sie Herzspezialist? Sehen Sie einen besonderen Grund dafür?«

»Ich bin Kinderarzt und habe wenig praktische Erfahrung mit der Leichenschau. Trotzdem halte ich es für ratsam.«

»Das habe ich nicht zu entscheiden«, stellte der Notarzt klar. Dann ging er kurz in sich und erkundigte sich: »Wie steht es mit den Tabletten, die Sie erwähnten? Haben Sie sie noch?«

»Nein, ich habe sie gar nicht zu Gesicht bekommen, sondern nur davon gehört. Wahrscheinlich stecken sie in der Jacke des Verstorbenen.«

»Schon gut, wir werden sie schon finden.« Der Notarzt zuckte mit den Schultern. »Sie haben sicher nichts dagegen, wenn wir den Toten jetzt abtransportieren lassen, um die Weiterfahrt des Zuges nicht länger zu verzögern.«

»Nein, aber ...«

»Danke, Kollege. Ich wünsche frohe Weihnachten.« Mit diesen Worten zog er die Abteiltür auf und gab seinen Begleitern ein Zeichen, dass sie den Toten mitnehmen konnten. Es war sehr deutlich, dass Bruno das Abteil zu verlassen hatte.

Er trat auf den Gang. Statt wütend zu sein, hatte Bruno sogar Verständnis für diese schroffe Haltung. In den Anfangsjahren seiner beruflichen Laufbahn war er selbst im Rettungswagen unterwegs gewesen, er wusste, was für ein harter Job das war. Täglich ging es um Leben und Tod, Entscheidungen mussten schnell und entschlossen gefällt werden, für langwierige Diskussionen blieb kein Raum. Eine völlig andere Facette des Arztberufs als die Arbeit in Brunos Kinderarztpraxis.

Dennoch war ihm nicht wohl bei der Vorstellung, dass es vermutlich keine weiteren Untersuchungen gab. Es würde heißen, dass ein alter Mann einem Herztod erlegen war, so wie es jeden Tag dutzendfach passiert. Niemand würde später noch nachbohren und nach Ungereimtheiten suchen. Und auch Bruno musste sich wohl damit abfinden, denn was blieb ihm anderes übrig?

»Verzeihung!«

Eine tiefe Stimme holte ihn aus seinen Gedanken. Er musste in eines der freien Abteile treten, um zwei Männer durchzulassen. Sie schleppten einen grauen Metallsarg.

Er hielt sich zurück und wartete geduldig. Die Minuten verstrichen. Schließlich verließen die Polizisten und der Notarzt das Abteil, blieben allerdings im Gang stehen. Einer der Polizisten trug Vogts Mantel unter dem Arm, der andere Koffer und Aktentasche des Toten.

Als Letzte kamen die beiden Bestatter aus dem Abteil. Während sie den Sarg an Bruno vorbeitrugen, verspürte er ein unbehagliches Frösteln. Auch die anderen gingen nun, der Notarzt nickte ihm kurz zu, wohingegen einer der Polizisten stehen blieb.

»Ich müsste bitte Ihre Personalien aufnehmen. Für unsere Akten und falls im Nachgang Fragen auftreten sollten.«

»Natürlich, gern«, sagte Bruno und zeigte seinen Personalausweis vor. Während der Polizist die Adresse notierte, überlegte Bruno, ob er auch ihm von seinem Bauchgefühl berichten sollte, dass eine genauere Untersuchung von Vogts Tod wichtig sein könnte. Doch er verwarf den Gedanken schließlich, weil er nichts in der Hand hatte, was seinen Argwohn belegen konnte. Und was hätte er schon sagen können, ohne lediglich zu wiederholen, was der Notarzt ohnehin wusste?

»Danke schön«, sagte der Polizist und klappte den Block zu. Sein Kollege war bereits ausgestiegen, ebenso wie der Arzt und die Sanitäter. »Eine gute Weiterfahrt.«

»Danke«, sagte Bruno. »Die Mitreisenden aus dem Abteil möchten Sie nicht noch sprechen?«, fragte er, als der Beamte sich bereits zum Gehen gewandt hatte.

Dieser stutzte kurz. »Nein, ich glaube, wir haben so weit alles, was wir brauchen.«

Noch einmal wünschte er eine gute Weiterreise und beeilte sich, den anderen zu folgen.

Bruno sah ihm noch einige Momente nach – sein ungutes Gefühl war nicht gewichen.

Kaum war Bruno gegangen, öffnete Melanie ihre Handtasche und holte einen Klappspiegel hervor. Sorgsam zog sie ihren Lippenstift nach und benutzte einen Flakon, um ihren Duft aufzufrischen. Dann steckte sie alles wieder weg und lehnte sich zurück. Sie wollte hübsch sein für den neuen Mann, der so plötzlich in ihr Leben getreten war. Sie wollte ihm gefallen. Doch sie musste sich gedulden. Er würde sicherlich noch eine Weile beschäftigt sein.

Dadurch, dass der ICE stand, war es noch ruhiger in dem fast leeren Waggon. Melanie merkte, wie sie schläfrig wurde und schließlich einnickte. Als sich ihr leise Schritte näherten, erwachte sie sofort aus ihrem leichten Schlaf und sah sich um.

Ihr Blick fiel auf die alte Dame, mit der sie zuvor gemeinsam mit dem verstorbenen Vogt das Abteil geteilt hatte. Auch die Frau erkannte sie, schien jedoch unschlüssig zu sein, ob sie mit Melanie Kontakt aufnehmen sollte oder nicht.

»Hallo!«, sprach Melanie sie an, worauf die alte Dame nicht anders konnte, als stehen zu bleiben.

»Wie geht es Ihnen, Kindchen?«, fragte sie mit der gleichen brüchig-knarzigen Stimme, mit der sie vorhin ihre Strickarbeit für den Neffen erklärt hatte.

»Danke, es geht schon wieder. Und Ihnen? Das war ja für uns beide ein Riesenschock.«

»Ja, ein Schock. Sie sagen es«, entgegnete die Dame mit bekümmertem Blick. »Ein Todesfall in nächster Nähe, und das auch noch so plötzlich, ohne jede Vorwarnung ... So ähnlich habe ich es beim Verlust meines Mannes empfunden.«

»Ihr Mann ist auch gestorben? Mein Beileid.«

Die alte Frau schüttelte den Kopf. »Grämen Sie sich nicht, es ist schon eine Weile her. Und doch vermisse ich meinen Rupert jeden einzelnen Tag …« Unvermittelt fügte sie hinzu: »Er ist übrigens auch sehr gern mit der Eisenbahn gefahren.«

»Tatsächlich?«

»Ja, wir beide waren immer schon mehr die Bahnfahrer. Auch wenn wir diesen Mercedes in der Garage hatten, eine furchtbare, eckige Kiste aus den 1980ern. Ich habe ihn gleich nach Ruperts Tod weggegeben. Er stand ja ohnehin nur herum.«

»Ist auch besser fürs Klima.«

»Bitte?«

»Das Bahnfahren. Weniger Emissionen als beim Straßenverkehr.«

»Wenn Sie das sagen, Kindchen, dann wird es schon stimmen.« Ein Schleier legte sich über ihre Augen, als sie wieder auf ihr gemeinsames Erlebnis zu sprechen kam: »Ich kann zufrieden sein mit dem, was ich habe. Ich lebe mein Leben. Trotzdem führt einem das, was uns widerfahren ist, vor Augen, wie schnell alles zu Ende sein kann. Die Endgültigkeit des Todes. Und seine Gnadenlosigkeit.«

Darauf wusste Melanie nichts zu erwidern. Stattdessen erkundigte sie sich: »Konnten Sie inzwischen eigentlich schon Ihre Sachen aus dem Abteil holen? Wenn nicht: Gerade wird der arme Herr Vogt abtransportiert. Wenn Sie ein paar Minuten warten, ist das Abteil bestimmt wieder freigegeben.«

»Danke für den Hinweis. Ich bin unterwegs in den Speisewagen, kann sie mir also auf dem Weg dorthin holen.«

»Gern geschehen. Guten Appetit!«

Melanie sah der alten Dame nach und fand, dass sie die Tragödie im Abteil erstaunlich gut verkraftet hatte. Auf jeden Fall war sie längst nicht mehr so aufgelöst wie vorhin, als Bruno sie losschickte, um den Schaffner zu suchen.

Melanie lehnte sich zurück und wollte wieder die Augen schließen, aber da stand er plötzlich vor ihr.

»Bruno!«, sagte sie, und ihr Mund formte wie von selbst ein strahlendes Lächeln. »Das ging ja schneller als gedacht. Wie ist es gelaufen?« Melanie rutschte zur Seite, um ihm Platz zu machen.

»Zu schnell, wenn du mich fragst.« Bruno wirkte abgekämpft. »Irgendwie hat es niemanden richtig interessiert, was ich zu sagen hatte. Der Notarzt hat sich als ziemlich abgebrühter Kerl erwiesen, für den ein Herzinfarkt offenbar zu den kleinen Fischen zählt. Wahrscheinlich ist er in diesem Moment schon unterwegs zu einem schweren Verkehrsunfall oder rettet jemandem das Leben, der sich an einer Fischgräte verschluckt hat. Er hatte keine Zeit, sich mit einem Toten aufzuhalten, dem er ohnehin nicht mehr helfen konnte.«

Bruno tat ihr leid. Die Sache nahm ihn sichtlich mit. Zu gern hätte Melanie ihm gesagt, wie gut ihr sein couragiertes Verhalten gefiel. Wie sehr es sie beeindruckte, dass ihm das Schicksal eines anderen Menschen, eines Wildfremden, nicht gleichgültig war.

Seine aufrechte Haltung imponierte ihr, und trotzdem hielt sie den Mund. Sie wollte Bruno in seinen Zweifeln an der Todesursache nicht bestärken, sondern fand es besser, die Sache auf sich beruhen lassen.

»Nun ist es geschafft«, sagte sie aufmunternd und

merkte selbst, wie dümmlich sich dieser Satz in seinen Ohren anhören musste.

Doch Bruno reagierte mit einem verständigen, wohlwollenden Lächeln, das ihr das Herz aufgehen ließ.

»Ja«, sagte er. »Wir dürfen aufatmen.«

Sie würde ihn nach ihrer Ankunft in München vermissen, das wusste sie jetzt schon. Was sehr schade wäre, wie sie fand. Denn könnte man es nicht als eine Art Wink des Schicksals bezeichnen, dass sie sich an diesem besonderen Abend und unter so ungewöhnlichen Umständen kennengelernt hatten? Und das auch noch in einer Situation, in der sie beide mehr oder weniger Singles waren? Melanie rang mit sich, ob sie Bruno um seine Handynummer bitten sollte. Sie wollte diesen Mann nicht einfach so ziehen lassen.

»Die Polizei hat das Abteil übrigens freigegeben«, sagte Bruno jetzt und schob mit leiser, tiefer Stimme nach: »Du kannst aber auch gerne für den Rest der Reise bei mir im Großraumwagen bleiben. Wenn du möchtest …«

»Natürlich möchte ich!«, antwortete Melanie eilig und lief prompt rot an. »Also ja, gern«, fügte sie leicht verschämt hinzu.

»Schön«, sagte Bruno nur und zwinkerte ihr zu. »Ich hole dann nur schnell deine restlichen Sachen aus dem Abteil. Bin sofort wieder da!«

KASSEL – FULDA

WAS FÜR EIN WECHSELBAD DER GEFÜHLE, dachte Bruno, nachdem er Melanie im Großraumwagen zurückgelassen und sich beim Aussprechen der harmlosen Floskel »Bis gleich« beinahe in ihren Augen verloren hatte. Ihm war, als würde er sich von Minute zu Minute mehr in diese Frau verlieben. Und so etwas passierte ausgerechnet ihm, dem große Gefühle eher suspekt waren und der sich immer für einen Vernunftmenschen gehalten hatte.

Auf dem Weg zurück zu dem Abteil in Wagen 8 führte er sich das Paradoxon dieser Reise vor Augen: Auf der einen Seite war da die Tragik eines Todesfalls, den er nicht hatte verhindern können und an dessen restloser Aufklärung ihm viel lag. Auf der anderen Seite hatte er unerwartet die Bekanntschaft von Melanie gemacht, die ihm – er konnte es nicht abstreiten – den Kopf verdreht hatte.

War das nicht verrückt? Glück und Unglück lagen so eng beieinander. Dazu kam noch der besondere Umstand, dass heute Heiligabend war: Es fiel ihm nicht leicht, das alles unter einen Hut zu bringen.

Mit einem Ruckeln fuhr der Zug wieder an, Bruno stützte sich beim Gehen an der Fensterleiste ab. Als er seine Hand wieder hob, fiel sein Blick auf die Armbanduhr. 21:16 Uhr.

Bruno fragte sich, ob der Lokführer die verlorene Zeit noch aufholen konnte. Eher nicht, aber es spielte ja auch keine große Rolle. Vermutlich hatte kaum einer der wenigen Reisenden heute so spät am Abend noch einen Termin.

Kaum hatte Bruno erneut das Abteil betreten, überkam ihn ein ungutes Gefühl. Er meinte mit Händen greifen zu können, dass etwas nicht stimmte. Der Tod von Herrn Vogt ließ ihm einfach keine Ruhe. Immer und immer wieder drängte sich ihm der Verdacht auf, dass ihm ein Versäumnis unterlaufen sein könnte. Dass er bei dem Versuch, den Patienten zu reanimieren, in der Hektik etwas Wesentliches übersehen hatte. Bloß was?

Nachdem er Melanies Reisetasche aus dem Gepäckfach genommen und ihren Mantel vom Haken gelöst hatte, schaute er sich noch einmal aufmerksam um.

Der Platz, auf dem Vogt gesessen hatte, war jetzt leer. Nichts kündete mehr von seiner Anwesenheit und dem plötzlichen Tod, die Beamten hatten all seine Sachen mitgenommen. Wie Bruno feststellte, waren auch die Habseligkeiten der alten Dame, die sich gemeinsam mit Melanie und Vogt das Abteil geteilt hatte, nicht mehr da.

Zurückgeblieben war lediglich ein zerknülltes Stück Papier, in das die alte Frau ein Brot oder ein Stück Kuchen eingewickelt hatte. Die Krümel auf und unter ihrem Sitz sprachen eher für Letzteres. Dann lagen da noch eine zerlesene Tageszeitung und ein Becher, in dem bloß ein winziger Rest Kaffee schwappte. Der übrige Inhalt war über den Boden verteilt. Ärzte, Polizisten und wohl auch Bruno selbst hatten mit ihren Schuhen dafür gesorgt, dass Spuren davon bis in den Gang hinausführten. Eine ganz schöne Schweinerei. Bruno hob den Becher auf, presste ihn zusammen und stopfte ihn in den schmalen Abfalleimer unterhalb des Fensters. Dann drückte er noch die Kuchentüte obendrauf und ließ den Deckel wieder zufallen. Um das Verschüttete sollten sich später die Reinigungskräfte kümmern.

Aber sonst? Bruno konnte beim besten Willen nichts entdecken, was nicht hierhergehörte oder seinen vagen Verdacht bestätigte. Hatte er sich also getäuscht? War sein Argwohn unberechtigt?

Bruno riss sich los, während der Zug immer schneller wurde. Er sah ein, dass er hier nichts mehr verloren hatte, außerdem wartete drüben im Großraumwagen Melanie auf ihn. Er warf sich ihren Mantel über den Arm, hob die leichte Reisetasche an und kehrte in seinen Waggon zurück.

Dort angekommen musste er sich darüber wundern, dass jemand anderes seinen Platz eingenommen hatte: Der Geschäftsmann, der ein paar Reihen weiter vorn gesessen hatte und die ganze Fahrt über in sein Smartphone vertieft gewesen war, schwenkte jetzt eine Champagnerflasche und redete eifrig auf Melanie ein.

Bruno fühlte sich einen Moment lang vor den Kopf gestoßen. Suchte Melanie, kaum war er für ein paar Minuten fort, gleich bei einem anderen Mann Trost? Er erkannte aber schnell, dass es ihr keineswegs gefiel, was der Businesstyp da gerade veranstaltete. Ihre Mimik sprach Bände. Deshalb stellte sich Bruno demonstrativ neben sie und räusperte sich laut.

»Oh, ist das dein Mann?«, fragte der geschniegelte Geschäftsmann mit anzüglichem Grinsen. »Verzeihung, dann will ich mal nicht weiter stören.« Er räumte Brunos Platz und zog sich auf seinen eigenen Sitz zurück.

Bruno bemerkte, wie das frisch verliebte Paar, das

schräg gegenübersaß, seinen Abgang amüsiert und mit geflüsterten Kommentaren verfolgte.

»Ein schmieriger Typ«, bemerkte Bruno frei heraus, nachdem er sich neben Melanie niedergelassen hatte. »Was wollte er denn?«

»Seinen Schampus mit mir teilen«, antwortete Melanie spöttisch und verzog den Mund. »Er hielt mich wohl für ein einsames Herz und damit eine leichte Beute. Er war ziemlich penetrant, danke, dass du mir geholfen hast.« Ein Lächeln huschte über ihr Gesicht. »Und das schon zum zweiten Mal heute Abend.«

»Gern geschehen«, sagte Bruno. »Mein Einsatz war ja nicht ganz uneigennützig. Hätte ich ihn nicht vertrieben, dann hätte ich auf deine Gesellschaft verzichten müssen.« Er schnippte mit den Fingern, als ihm etwas in den Sinn kam: Nun konnte er nachholen, was er zuvor schon vorgehabt hatte. »Allerdings, die Idee mit dem Champagner ist an sich gar nicht mal so schlecht.«

Melanie neigte den Kopf. »So?«

»Was hältst du davon, wenn ich dich auf ein Glas in den Speisewagen einlade? Und etwas Vernünftiges zu essen könnten wir nach all der Aufregung auch vertragen, meinst du nicht auch?«

Melanie steckte demonstrativ die halb geleerte Tüte mit den Marzipankartoffeln weg und stimmte zu: »Guter Vorschlag. Von dem vielen Süßen ist mir schon ganz flau. Ich zahle natürlich für mich selbst.«

»Kommt nicht infrage!«

Gedämpftes Licht, das leise Tuscheln der wenigen Gäste und ein würziger Duft aus der Küche empfingen sie im Bordrestaurant. Aus unsichtbaren Lautsprechern tönten dezente Weihnachtsklänge, und das Flackern künstlicher Kerzen vermittelte einen Eindruck von Festlichkeit. Bruno wählte einen Tisch in der Mitte des Waggons und ließ sich Melanie gegenüber nieder.

Kaum saßen sie, da tauchte ein Kellner auf und erkundigte sich, ob er die Getränke aufnehmen dürfe. Bruno bestellte wie versprochen zwei Gläser Champagner.

»Wünschen Sie auch zu speisen?«, fragte der Ober.

Bruno griff nach einer folierten Faltkarte, die auf dem Tisch lag. »Wir haben noch gar nicht geschaut, was es gibt.«

Daraufhin lächelte der Keller zuvorkommend und sagte: »Die Gans ist bedauerlicherweise aus, falls Sie etwas Festliches im Sinn hatten. Heute kann ich Ihnen aber auch etwas Besonderes anbieten, was Sie nicht in der Karte finden.«

»Ach ja?« Bruno war verblüfft, denn dass in einem Bordrestaurant etwas anderes serviert wurde, als im Speiseplan stand, hatte er noch nie erlebt.

»Meine Kollegin Rosi und ich haben ein Weihnachtsmenü vorbereitet«, sagte der Kellner und ließ sich den Stolz darauf durchaus anmerken. »Kastanien-Pilz-Ragout an Polenta.«

Bruno tauschte einen Blick mit Melanie, sie nickte.

»Fein, das hört sich gut an«, meinte Bruno. »Zweimal bitte.«

Der Mann – offenbar Kellner und Koch in Personalunion – zog sich zufrieden zurück.

»Ich bin gespannt, was uns erwartet«, raunte Bruno Melanie zu, kaum dass er außer Hörweite war.

Melanie sah ihn glücklich an. »Hier gefällt es mir«, stellte sie gelöst fest. »Es ist das erste Mal, seitdem ich in diesen Zug gestiegen bin, dass bei mir so etwas wie Weihnachtsstimmung aufkommt.«

»Na dann …« Bruno griff ihr Lächeln auf und freute sich auf das gemeinsame Essen. Als er das Klirren der Sektkelche vernahm, die in der Bordküche für sie bereitgestellt wurden, schaute er auf und bemerkte, dass auch die anderen Gäste des Restaurants in Wohlbehagen schwelgten. Ein älteres Paar hatte sich zur Feier des Tages in Schale geworfen und wirkte überaus vornehm. An einem weiteren Tisch, wo drei Frauen mittleren Alters saßen, herrschte eine dezent ausgelassene Stimmung. Ebenfalls mit sich im Reinen und entspannt wirkte eine alte Dame, die am letzten Tisch vor dem Übergang zur ersten Klasse Platz genommen hatte. Wie es aussah, hatte sie das letzte Stück Gänsebrust ergattert, dazu nippte sie an einem Glas Rotwein.

Erst auf den zweiten Blick erkannte Bruno, um wen es sich bei ihr handelte: War das nicht die Strickoma aus Vogts Abteil? Aber ja, vergewisserte sich Bruno, das musste sie sein. Sie hatte sich allerdings verändert, und das lag nicht nur daran, dass sie Nadeln und Wolle gegen das Essbesteck getauscht hatte. Ihre geduckte Haltung und auch ihr verängstigter Gesichtsausdruck waren verschwunden, nur die grauen, zum Dutt gebundenen Haare und die Kleidung waren noch wie zuvor. Erstaunlich, dachte Bruno. Die alte Dame, die so zurückhaltend und furchtsam auf ihn gewirkt hatte, musste über den Schrecken schnell hinweggekommen sein.

»Stimmt etwas nicht?«, holte Melanie ihn aus seinen Gedanken.

»Doch, doch, alles gut«, sagte Bruno. »Ich habe nur

gerade deine Mitreisende entdeckt. Schau mal dort, ganz hinten im Wagen. Ihr scheint es wieder gut zu gehen.«

Melanie drehte sich um und bestätigte seine Beobachtung. »Ich habe mich vorhin kurz mit ihr unterhalten, während du mit dem Notarzt gestritten hast.«

»Von einem Streit kann keine Rede sein.«

»Jedenfalls bin ich froh, dass sich die alte Dame wieder gefangen hat. Sie hat nämlich selbst einen Schicksalsschlag hinter sich, sie ist verwitwet und vermisst ihren Mann sehr. Schön, dass sie nun wenigstens den Rest der Reise in Frieden genießen kann.«

Bruno sah noch einmal hin, nahm den Champagner entgegen und sagte zu Melanie: »Auf einen versöhnlichen Ausklang dieses bewegten Abends!« Er ließ sein Glas an das von Melanie stoßen.

Wenig später wurde die Mahlzeit aufgetragen. Es sah wirklich ansprechend aus, wie Bruno fand, und es duftete verlockend.

»Ist das nach Ihrem eigenen Rezept?«, erkundigte sich Melanie.

Der kochbegeisterte Kellner nickte eifrig: »Ich brate die Kastanien mit Zwiebeln, Sellerie und Karottenstückchen goldgelb an und gebe noch Champignons, Steinpilze und einen kräftigen Schluck Wein in den Topf. Natürlich dürfen Lorbeer, Nelken, Thymian und eine Prise Rosmarin nicht fehlen.« Mit einer angedeuteten Verbeugung trat er zurück und sagte: »Zum Dessert empfehle ich Rotweinbirne mit Trockenfrüchten.«

»Der hat richtig Spaß an der Arbeit«, tuschelte Bruno in Melanies Richtung. »Mal was anderes, als vorgefertigte Portionen in die Mikrowelle zu schieben.«

»Das muss er zu Hause vorgekocht haben«, vermutete Melanie. »Zugküchen sind doch gar nicht für so aufwendige Gerichte ausgestattet, die haben bloß Konvektomaten zum Aufwärmen.«

»Sagen Sie das nicht!«, mischte sich ein Mann in ihr Gespräch, der allein am Tisch auf der anderen Seite saß. Es war ein Rentner im gelben Pullunder, der das gleiche Essen gewählt hatte wie sie. »Traditionell ist die Küche an Bord von Zügen nämlich exklusiv und exzellent.«

»Ist das so?«, entgegnete Melanie.

»Aber ja, gnädige Frau!«, bekräftigte er und stellte sich unter dem Namen Walter Humbold vor, Humbold ohne »t«. »Zum Beispiel im *Venice-Simplon-Orientexpress.* Mit seinen wunderhübschen royalblau-goldenen Waggons und dem eleganten Art-déco-Interieur ist dieser Zug eine wahre Augenweide. An Bord dieser rollenden Legende speisen Sie in einer Umgebung mit funkelndem Kristall und poliertem Holz«, schwärmte der alte Herr mit leuchtenden Augen. »Haute Cuisine wird Ihnen auch im Luxuszug *El Tren Al Andalus* serviert, der zwischen Sevilla und Córdoba pendelt. Die edlen Stoffe und das dunkle Holz erinnern an einen Palast der Belle Époque.«

»Sehr interessant«, sagte Bruno und wandte sich seinem Essen zu. Er hoffte, die Unterhaltung mit dem mitteilsamen Nachbarn damit zu beenden.

Doch Humbold kam jetzt erst in die Gänge: »Im *Rovos Rail,* dem berühmten südafrikanischen Nostalgiezug, habe ich in einem liebevoll restaurierten Waggon mit Vertäfelung im viktorianischen Stil formidable Rindersteaks gegessen und in einem pompösen Ledersessel den besten Whisky meines Lebens genossen. Ganz zu schweigen von den Küchenkünsten des Personals im *Gotthard-Panorama-Express* …«

»Das mag ja alles sein«, fiel Melanie ihm ins Wort, »in einem deutschen ICE bin ich aber noch nie so verwöhnt worden. Darum lassen wir es uns jetzt umso mehr schmecken!« Sie ließ eine Gabel Polenta in ihrem Mund verschwinden und beachtete den redseligen Rentner nicht weiter.

Bruno sah, wie dieser eingeschnappt ebenfalls zu seinem Besteck griff und mit dem Essen begann.

Im Nu hatte Melanie die Hälfte ihrer Portion vertilgt. Es freute Bruno, dass es ihr so gut mundete. Er selbst fand die Pilzsoße etwas zu stark gesalzen, störte sich aber nicht weiter daran. Stattdessen genoss er die harmonische Zweisamkeit mit seiner neuen Bekannten. Es war angenehm, mit Melanie zusammen zu sein.

»Wenn wir in einem dieser Luxuszüge sitzen würden, von denen Herr Humbold geschwärmt hat, könnten wir uns wohl kaum in einem solchen Aufzug unter die Leute wagen«, sagte sie so leise, dass es der Nachbar nicht hören konnte.

»Du meinst, Smoking und Abendkleid wären das Mindeste?«, fragte Bruno, den diese Vorstellung belustigte. Er persönlich bevorzugte zu jedem Anlass legere Kleidung.

»Genau, und ich müsste mich auch noch mit Klunkern behängen«, amüsierte sich Melanie. Doch das Lachen blieb ihr im Hals stecken, als sie von einer Sekunde auf die andere sehr ernst wurde. »Meine Güte, die Brosche!«, stieß sie aus. »An die habe ich überhaupt nicht mehr gedacht.«

»Von was für einer Brosche sprichst du?«, fragte Bruno, besorgt über ihren plötzlichen Stimmungsumschwung.

Melanie wartete eine Durchsage ab, die die Ankunft des

Zuges in Fulda ankündigte, danach antwortete sie: »Ein altes Schmuckstück. Herr Vogt hat es mir gezeigt, kurz bevor er starb.«

Sie erklärte Bruno, dass es sich um ein Mitbringsel für Vogts Schwester handelte, und beschrieb ihm die Brosche. »Die Schatulle lag neben ihm auf dem Sitz, als es passiert ist. Später dann habe ich sie nicht mehr gesehen. In der ganzen Aufregung ist das völlig untergegangen. Aber jetzt, wo ich darüber nachdenke, kommt es mir schon komisch vor. Ob sie vielleicht jemand mitgenommen hat?«

Bruno zog die Stirn in Falten und meinte, das könne er sich kaum vorstellen. Doch dann fiel ihm ein, dass er sich ausgiebig in dem Abteil umgesehen hatte; ein Schmuckstück wäre ihm sicher aufgefallen.

»Womöglich ist die Brosche unter den Sitz gerutscht«, überlegte er. »Oder die Polizei hat sie zusammen mit seinen übrigen Sachen mitgenommen.«

»Die Polizisten wussten doch gar nichts von dem Schmuckstück«, meinte Melanie sorgenvoll. »Ich halte sie für ziemlich alt, und auch wenn sie vielleicht nicht kostbar ist, so würde sich Vogts Schwester bestimmt sehr darüber freuen, wenn sie sie bekäme. Als Erinnerung an ihren Bruder.«

»Da hast du sicher recht …«

Melanie schob den Teller beiseite. »Mir lässt das keine Ruhe. Ich muss noch einmal in das Abteil, um nachzusehen.«

Auch Bruno legte Messer und Gabel auf den Tisch und ließ sein Essen schweren Herzens stehen.

»Ich begleite dich«, sagte er. »Vier Augen sehen mehr als zwei.«

FULDA

FÜR DIE KNAPP NEUNZIG KILOMETER zwischen Kassel und Fulda brauchte der ICE normalerweise einunddreißig Minuten. Heute hatte er es der Witterung zum Trotz in achtundzwanzig Minuten geschafft. Dennoch waren sie inzwischen mit fast einer Stunde Verspätung unterwegs, rechnete Clemens aus, während der Zug in Fulda einfuhr. Erst die Zwangspause wegen der versperrten Gleise, dann der Polizeieinsatz und der Abtransport der Leiche. Da kam einiges zusammen.

In Fulda lag sogar noch mehr Schnee als bei Kassel, und noch immer fielen dicke weiße Flocken. Clemens, der sich mit seinem Trolley im Einstiegsbereich zwischen zwei Waggons positioniert hatte, beobachtete, wie das Ehepaar in den teuren Klamotten, das ihm im Speisewagen aufgefallen war, den Zug verließ und von einem jüngeren, aber genauso kostspielig gekleideten Paar empfangen wurde. Um sie herum tollten zwei Kinder und hinterließen Spuren im Schnee, auch sie steckten in teuer aussehenden Markensachen.

Dieser Anblick ließ Clemens an seine eigene Kindheit zurückdenken, an die er sich mit einem Gefühl der Geborgenheit und des Vertrauens erinnerte. Seine Eltern waren nicht gerade auf Rosen gebettet gewesen, dennoch hatten sie es ihn und seine jüngere Schwester nicht spüren lassen, wenn das Geld einmal knapp wurde. Entbehrungen, wie er sie heute kannte, hatte es in seinem damaligen Leben nicht gegeben.

Gerade mit der Weihnachtszeit verknüpfte Clemens schöne Erinnerungen. In seinem Kopf formten sich Bilder von Schneeballschlachten im Hof des Mehrfamilienhauses, in dem die Familie lebte, und von wilden Schlittenfahrten am Hang einer stillgelegten Müllkippe, der einzigen Erhebung in ihrer Nähe. Sogar an den süßlich aromatischen Duft des Tees konnte er sich gut entsinnen, mit dem ihn seine Mutter empfing, wenn er mit durchnässten Hosen, roter Nase und blauen Fingern abgekämpft nach Hause kam.

Der Höhepunkt eines jeden Winters war das Weihnachtsfest selbst gewesen. Clemens dachte an die wohlige Wärme, die in ihrem kleinen Wohnzimmer geherrscht hatte. An der Wand vorm Fenster stand stets der Baum, den Clemens gemeinsam mit seinem Vater vom Baumarkt um die Ecke geholt hatte. Die Tanne trug rote und goldene Kugeln, von den Zweigen hing silbrig glitzerndes Lametta. An der Lichterkette waren von jeher zwei Elektrokerzen kaputt, aber auch dieser kleine Makel hatte die tiefe Zufriedenheit, die Clemens an Heiligabend empfunden hatte, nie gemindert.

Die Erinnerung machte ihm klar, wie unglücklich er seitdem war. Denn die unbeschwerte Zeit seiner Kindheit hatte jäh geendet an dem Tag, als sein Vater der Familie verkündete, er werde ausziehen. Er wollte eine andere Frau heiraten, mit der er, wie sich später herausstellte, schon seit Jahren ein Verhältnis hatte. Clemens' Mutter war über diesen Verlust nie hinweggekommen. Sie vernachlässigte ihr Leben, ihre Alltagspflichten und die Verantwortung gegenüber ihren Kindern, woraufhin Clemens' Schulnoten in den Keller gingen. Zwar hatte er mit knapper Not den Schulabschluss geschafft und seine Ausbildung absolviert, der berufliche Erfolg blieb jedoch bescheiden. Dafür gab er vor allem seinem Vater die Schuld. Hätte er die Familie nicht verlassen, wäre manches anders gelaufen, davon war Clemens bis heute überzeugt.

Vielleicht war es letztlich auch eine Folge seiner unbewussten Suche nach einer zuverlässigen Vaterfigur, einem Vaterersatz, gewesen, was ihn in die Arme des Betrügers Vogt getrieben hatte. Zu Vogt hatte Clemens nämlich aufgesehen wie früher zu seinem Papa. Ihm hatte er vollkommen vertraut – und ihm ohne zu zögern das kleine Vermögen überlassen, das er sich im Laufe der Jahre vom Mund abgespart hatte ...

Doch das alles war längst Vergangenheit. Clemens musste sich auf die Gegenwart konzentrieren, wenn er seinen Hals retten wollte.

Er wartete, bis sich der ICE wieder in Bewegung setzte und die Gänge sich leerten. Dann steuerte er erneut Wagen 8 an und hoffte inständig, diesmal mehr Glück zu haben. Tatsächlich fand er alle Abteile in dem Waggon leer vor, auch das, in dem Vogt gesessen hatte. Das Tischtuch hinter der Scheibe war verschwunden, ebenso das »Außer Betrieb«-Schild. Vorsichtig schob Clemens die Glastür auf und merkte, wie seine Füße am Boden klebten.

»Alles voller Kaffee!«, stellte er mit Schrecken fest. Die große braune Pfütze auf dem Boden, die bis in den Flur hinausreichte, war ihm zuvor gar nicht aufgefallen. Diese verräterische Spur musste er natürlich entfernen.

Kurz entschlossen knüllte er Blätter einer liegen gelassenen Zeitung zusammen, die er auf Vogts Sitzplatz fand, und wischte damit über den Boden. Das Zeitungspapier saugte die Flüssigkeit auf. Trotzdem brauchte Clemens sämtliche Blätter, bis auch der letzte Spritzer beseitig war. Das mit kaltem Kaffee getränkte Papier stopfte er in den Müllsack seines Verkaufswagens.

Anschließend vergewisserte er sich, dass ihn nach wie vor niemand beobachtete. Mehrmals spähte er in beide Richtungen des Gangs: Die Luft war rein!

Als Nächstes musste er den Becher finden. Clemens sah sich in dem Abteil um, konnte ihn aber weder auf dem Fenstertisch noch in der Nähe von Vogts Sitz entdecken. Wo mochte ihn der alte Halsabschneider wohl hingestellt haben? Ob er den Kaffee ausgetrunken und den Becher weggeworfen hatte?

Clemens klappte das Abfallfach unterm Fenster auf, doch da war bloß eine zusammengeknüllte Bäckertüte. Vielleicht war der Becher ja unter einen der Sitze gerollt? Noch einmal ging er in die Knie und schaute in alle Ecken des Abteils. Aber auch hier unten lag kein Becher.

»Das darf nicht wahr sein!« Clemens raufte sich die Haare. Selbst wenn der Pappbehälter mittlerweile leer war, musste er ihn unbedingt vernichten. Denn einige wenige Tropfen würden schon reichen, um festzustellen, dass dem Kaffee etwas beigemischt worden war. Täter konnten dank moderner Kriminaltechnik bereits durch geringste Mengen einer Substanz überführt werden, das hatte Clemens aus Fernsehkrimis gelernt.

Ihm wurde siedend heiß, als ihm klar wurde, dass er womöglich zu spät gekommen war. Sollten die Bundespolizisten den Becher als Beweisstück mitgenommen haben? Dann würden spätestens beim nächsten Halt in Würzburg ihre Kollegen warten, um ihn festzunehmen. Ihm wurde schlecht bei dieser Vorstellung.

Fieberhaft suchte er weiter: noch einmal auf den Sitzen und in den Spalten dazwischen, dann ein weiteres Mal unten am Boden. Sogar das Gepäckfach betrachtete er genau, obwohl auf einen Blick zu erkennen war, dass man dort nichts verstecken konnte.

Alles ohne Erfolg.

Schließlich schloss er die Augen, um sich besser konzentrieren zu können. Wo, zum Teufel, konnte man in einem Abteil etwas von der Größe eines Pappbechers verstauen? Wenn er nirgendwo herumstand, konnte er doch nur in der Abfallbox stecken.

Er war schweißgebadet, als er abermals in dem schmalen Metallbehälter nachschaute. Clemens klappte den Deckel auf und beugte sich darüber. Mit dem ausgestreckten Zeigefinger schob er die Bäckertüte zur Seite. Und tatsächlich: Darunter lag ein zusammengedrückter Pappbecher! Clemens fiel ein Stein vom Herzen, und er fragte sich, warum er nicht gleich darauf gekommen war. Maßlos erleichtert über seinen Fund wäre er am liebsten in lauten Jubel ausgebrochen, aber natürlich verkniff er sich jeglichen Freudenschrei und streckte seine zitternden Finger nach seinem Fund aus. Gleich würde er das Beweisstück in den Händen halten. Dann wäre ihm nichts mehr anzulasten.

Er berührte den klebrigen Rand schon mit dem Daumen, da spürte er eine schwere Hand auf seiner Schulter.

Clemens schnappte nach Luft, gleichzeitig fuhr er herum. In seinem Rücken fiel scheppernd der Deckel des Abfallbehälters zu.

»Was zur Hölle …«

Weiter kam er nicht, denn es verschlug ihm die Sprache, als er sich dem Weihnachtsmann gegenübersah, der wie aus dem Nichts plötzlich aufgetaucht war. Als hätte er sich heimlich angeschlichen, um Clemens zu erschrecken. Das war ihm gelungen, Clemens' Herz schlug ihm bis zum Hals.

»Was wollen Sie?«, fragte Clemens entgeistert.

Aber der Mann im roten Mantel gab keine Antwort, sondern zog an seinem künstlichen Rauschebart. Jetzt ließ er die Clownsmaske fallen und zeigte sein wahres Gesicht: hart und scharf wie ein geschliffener Diamant.

FULDA – WÜRZBURG

MELANIE MERKTE, WIE IHR DER CHAMPAGNER zu Kopf stieg. Sie hatte ihn viel zu überstürzt getrunken, und das auf fast leeren Magen. Von der Kastanienpolenta hatte sie ja gerade mal die Hälfte geschafft, bevor ihr das mit der Brosche in den Sinn gekommen war. Daher war sie etwas wacklig auf den Beinen, während sie Bruno durch den Zug folgte, vorbei an leeren Sitzreihen.

Das mit den weichen Knien lag aber vielleicht nicht nur am Alkohol. Es konnte auch daher rühren, dass dieser wechselvolle Abend ihr Aufnahmevermögen allmählich überstieg. Da war der schlimme Todesfall und jetzt auch noch die Möglichkeit, dass der arme alte Mann um ein kostbares Schmuckstück gebracht worden war. Hinzu kam, dass ihre Gefühle verrücktspielten. Je mehr Zeit sie mit Bruno verbrachte, je mehr sie über ihn erfuhr, desto mehr fühlte sie sich zu ihm hingezogen. Ihr Kummer um den heftigen Streit mit Stephan war wie weggeblasen.

Doch schon bald würden sich die Wege von Bruno und ihr trennen, und das machte sie traurig.

Am liebsten hätte sie diesen Mann nie wieder hergegeben. Er war ihr schon jetzt, nach so kurzer Zeit, ans Herz gewachsen. Bruno war emphatisch, und sie wusste seine

Aufmerksamkeit zu schätzen. Er war so ganz anders als Stephan, der ihr schon lange keinen Wunsch mehr von den Augen abgelesen hatte – wenn er es überhaupt je getan hatte. Wie es aussah, dachte sie, war ihre Zeit mit Stephan ganz einfach abgelaufen. Eigentlich gab es für sie kein Zurück mehr, zumindest das hatte ihr die Begegnung mit Bruno klargemacht. Sie würde sich endgültig von Stephan trennen und aus der gemeinsamen Wohnung ausziehen, sobald sie wieder in Hamburg war. Das stand für sie unumstößlich fest.

Im Übergang zu Wagen 8, in dem sich Melanies gebuchtes Abteil befand, kam ihnen der Verkäufer mit seinem Trolley entgegen. Bruno und sie mussten sich ganz an die Wand drücken, damit er mit seinem rollenden Tresen an ihnen vorbeipasste. Melanie fiel beiläufig auf, dass es sich immer noch um denselben Mann handelte, den sie im Laufe des Abends schon öfter gesehen hatte.

Seltsam, dachte Melanie, als der Wagen klappernd und klirrend an ihr vorbeifuhr: Der Verkäufer zog ein Gesicht, als würde gleich die Welt untergehen. Gleichzeitig wirkte er völlig abwesend, er schien sie überhaupt nicht wahrzunehmen. Dicht hinter ihm folgte dieser eigentümliche Mensch, der im Santa-Kostüm Schokolade verteilt hatte. Inzwischen hatte er sich den Bart abgezogen, sein Gesicht war unfreundlich und abweisend. Melanie und Bruno ignorierte er. Zwei fragwürdige Gestalten, fand Melanie und war froh, als die beiden im nächsten Wagen verschwanden.

»Oh, hier hat schon jemand sauber gemacht«, stellte Bruno fest, nachdem er die Schiebetür zum Abteil geöffnet hatte. »Vorhin musste ich noch über eine Lache aus kaltem Kaffee steigen.« Sogleich begann er damit, seine Finger in die Fugen zwischen den Polstern zu schieben, in die die Brosche gerutscht sein könnte.

Melanie gefiel seine zupackende Art. Bruno machte nicht viele Worte, wenn es darauf ankam zu handeln, er fasste ohne zu zögern zu. Wieder so ein Vergleich, bei dem ihr Freund Stephan schlecht abschnitt.

»Hier ist nichts«, sagte Bruno, nachdem er jeden Sitz sorgfältig abgesucht hatte. »Es hätte mich auch gewundert, denn ich habe mich ja vorhin schon gründlich umgesehen. Da wäre mir so ein Schmuckstück bestimmt aufgefallen.«

»Dann muss sie vielleicht runtergefallen sein, als Herr Vogt seine Herzattacke erlitten hat«, vermutete Melanie.

»Aber auf dem Boden liegt auch nichts. Die Brosche ist nicht mehr hier«, stellte Bruno fest, während er sich mit nach unten gerichteten Blicken um die eigene Achse drehte. »Es sei denn, sie ist in eine Ecke unter den Sitzen gerutscht.«

Er zog sein Smartphone aus der Hose und schaltete die Taschenlampenfunktion ein. Auf Knien rutschte er durch das Abteil und hielt seinen Kopf dabei gesenkt.

Melanie tat es ihm gleich und hoffte darauf, im Lichtkegel der Handylampe ein Glitzern aufzufangen. Doch der helle Strahl beleuchtete nur Staub, Brösel und Papierschnipsel.

»Da ist wirklich nichts«, musste sie enttäuscht eingestehen.

Bruno hingegen gab nicht auf. Als wollte er es Melanie beweisen, schob er nun seinen halben Oberkörper unter die Sitzreihe. Stoisch suchte er den Boden Quadratzentimeter für Quadratzentimeter ab. Dann, nach einer gefühlten Ewigkeit, tauchte er wieder auf. Mit dem Smartphone in der einen Hand – und der Schatulle in der anderen.

Melanie strahlte. »Du hast sie wirklich gefunden!«, rief sie aus und hätte Bruno am liebsten in die Arme geschlossen. Zwar hatte sie eigentlich mit dem Schmuck nichts zu schaffen, sie kannte Vogt kaum und seine Schwester überhaupt nicht. Dennoch löste dieses Erfolgserlebnis eine Art Euphorie in ihr aus. Sie klappte die Schatulle auf und überzeugte sich davon, dass der Inhalt unversehrt war.

»Jetzt bin ich echt froh.«

Doch Bruno mochte nicht in ihre Freude einstimmen, er hob die Hand.

»Warte mal«, sagte er und tauchte noch einmal unter die Sitzreihe ab. Als er sich wieder aufrichtete, hielt er einen weiteren Fund in seiner Hand: einen kleinen, ovalen Gegenstand. Seinem Gesichtsausdruck nach zu urteilen war auch diese zweite Entdeckung von besonderer Bedeutung.

»Was ist das?«, fragte Melanie und sah näher hin. Da begriff sie, was sie vor sich hatte. »Die Pillendose, Vogts Pillendose!«

Bruno sah sie aufmerksam an. »Bist du sicher? Ist das der Tablettenspender, von dem du berichtet hast?«

»Natürlich bin ich sicher!«, bekräftigte sie und ließ die Schatulle mit der Brosche in ihre Tasche gleiten. »Das ist das Kästchen, das ich auf Vogts Wunsch aus seinem Jackett genommen habe.« Sie nahm Bruno das Döschen ab und klappte es auf. »Schau her: Von diesen Kapseln sollte ich ihm eine geben. Ein Herzmittel, nehme ich an.«

Sie entnahm dem Döschen eine der zylinderförmigen

blau-weißen Hülsen. Auch Bruno griff hinein und betrachte eine der Kapseln genauer.

»Sehen aus wie Herzglykoside. Der Verstorbene war also tatsächlich herzkrank.«

»Deswegen hat er ja danach verlangt, als es ihm schlecht ging«, erklärte Melanie, und plötzlich war ihr die prekäre Situation wieder ganz präsent. »Ich habe ihm die Kapsel auf die Zunge legen müssen, weil er selbst nicht mehr dazu in der Lage war.«

»Eine einzelne Tablette?«, vergewisserte sich Bruno.

»Ja, nur eine«, bestätigte Melanie und fragte sich sofort, ob das einfach nicht gereicht hatte.

Bruno bemerkte wohl ihre sorgenvolle Miene und beruhigte sie schnell: »Keine Sorge, du hast alles richtig gemacht. Kritisch wäre es geworden, wenn er mehrere davon eingenommen hätte. Bei Überdosierung sind solche Medikamente nämlich stark giftig.«

Melanie sah ihn traurig an. »Mag sein«, sagte sie. »Gestorben ist er aber trotzdem. Obwohl es nur eine Kapsel gewesen ist.«

Bruno nickte und wollte die Dose gerade zuklappen, doch dann stutzte er. Abermals nahm er eine der Pillen heraus und wendete sie vor seinen Augen hin und her.

Melanie hatte plötzlich ein ungutes Gefühl. »Worüber denkst du nach?«, fragte sie. »Stimmt etwas nicht?«

Bruno führte die Kapsel bis dicht unter seine Nase und roch daran. Anschließend berührte er sie kurz mit der Zungenspitze. »Habe ich es mir doch gedacht!«, sagte er mit bedeutungsschwangerer Stimme. Dann öffnete er die Kapsel und ließ den pudrigen Inhalt auf seine Handfläche rieseln.

Melanie sah ihn erstaunt an. Was meinte er nur? »Mach es bitte nicht so spannend«, bat sie. »Ich bin ohnehin nervös genug.«

»Diese Kapseln wurden schon einmal geöffnet«, sagte Bruno mit entschlossenem Blick. »Sieh genau hin, dann kannst du es am Übergang beider Hüllenteile erkennen. Sie sind leicht beschädigt, zu erkennen an den ausgefransten Rändern. Offenbar hat sie jemand präpariert. Denn bei dem Pulver auf meiner Hand handelt es sich ganz bestimmt nicht um ein Herzmittel. Das ist bloß Glykose. Traubenzucker.«

»Traubenzucker?« Melanie brauchte einen Moment, um das zu verstehen. Es handelte sich also gar nicht um echte Herztabletten. In der Dose befanden sich Placebos. Aber warum?

»Kein Zweifel: Diese Tabletten wurden ausgetauscht. Ich kann mir das nur so vorstellen: Entweder wurde der Inhalt von echten Herzpräparaten entfernt und durch Glykose ersetzt, oder derjenige, der dafür verantwortlich ist, hat Leerkapseln verwendet und sie mit dem Zucker befüllt. Solche Leerkapseln kann man nämlich überall kaufen oder im Internet bestellen. Fest steht: Da hat jemand Vogt eine Mogelpackung untergejubelt.«

Melanie sah Bruno schweigend an und fragte sich, wer wohl die Pillen ausgetauscht hatte und aus welchem Grund.

»Komm!«, beschloss Bruno. »Wir nehmen die Dose mit zu unserem Platz. Wir müssen sie später bei der Polizei abgeben.«

»Das können Sie nicht mit mir machen!«, protestierte Clemens gegen die grobe Behandlung durch den Mann in roter Kutte, der ihn vor sich hertrieb. Der falsche Weihnachtsmann musste ein Zivilpolizist sein, wie Clemens inzwischen annahm. Er glaubte wohl, er hätte Clemens beim Klauen erwischt. Was für ein Blödsinn! Und selbst wenn, dann berechtigte ihn das noch lange nicht, so mit Clemens umzuspringen.

»Was habe ich denn getan? Einen Abfalleimer geöffnet, noch dazu in einem unbesetzten Abteil. Was hätte ich da stehlen sollen?«

Seine Einwände zeigten keinerlei Wirkung. Der andere dirigierte ihn bis in den letzten Wagen und dort in ein leer stehendes Abteil. Nachdem der Weihnachtsmann die Schiebetür des Abteils zugezogen und Clemens aufgefordert hatte, sich zu setzen, ließ auch er sich nieder. Er nahm die Mütze ab, woraufhin dichtes schwarzes Haar zum Vorschein kam. Nun konnte Clemens auch das Gesicht seines Gegenübers genauer betrachten: ein schmal geschnittener Kopf mit gründlich rasierten Wangen, dünnen Lippen, gerader Nase und graugrünen Augen, die ihn mit abgeklärter Geringschätzung taxierten.

Obwohl der andere noch kein weiteres Wort verloren hatte, ahnte Clemens, was als Nächstes passieren würde, und war starr vor Angst. Er traute sich kaum zu atmen.

Und tatsächlich hielt ihm der demaskierte Weihnachtsmann jetzt einen Ausweis hin, der schon auf den ersten Blick offiziell und behördlich aussah. Clemens, dem prompt schwindlig wurde, musste sich sehr konzentrieren, um sich das Dokument näher anzusehen. Dann wurde ihm klar: Der falsche Santa war tatsächlich Bundespolizist!

Die Schwindelgefühle nahmen zu. Clemens war, als würde sich der ganze Waggon um ihn drehen. Nun war genau das eingetreten, was er die ganze Zeit über vermeiden wollte: Er stand kurz davor, aufzufliegen!

Dabei hätte er damit rechnen müssen, warf er sich vor. An Bord von Fernzügen fuhren hin und wieder uniformierte Polizisten mit, vor allem in Spitzenzeiten mit starker Belegung. Oder nach großen Fußballspielen, wenn sich angetrunkene Fans an Bord befanden. Daneben gab es aber auch die Beamten in Zivil. Sie sahen aus wie gewöhnliche Fahrgäste und verhielten sich auch so, ähnlich wie die getarnten Sky-Marshalls in Flugzeugen. Erst dann, wenn Gefahr im Verzug war, gaben sie sich zu erkennen. Doch dass ausgerechnet der falsche Weihnachtsmann ein Bulle war, das war wirklich verdammtes Pech.

Clemens kämpfte gegen den Schwindel an und suchte fieberhaft nach Auswegen. Kaum dass er sich wieder gefangen hatte, sprach sein Fluchtinstinkt an. Er könnte versuchen, den anderen niederzuschlagen und zu türmen. Aber wohin? Mitten während der Fahrt konnte er sich nirgends verkriechen, denn außer den Toiletten gab es im Zug kein brauchbares Versteck. Und selbst wenn er einen Unterschlupf fände: Die Fahrt bis zum nächsten Halt in Würzburg nahm normalerweise vierunddreißig Minuten in Anspruch. So lange konnte er sich nicht verborgen halten.

Was war mit der Notbremse? Er könnte sie betätigen und hinausspringen. Doch gerade der Streckenabschnitt zwischen Fulda und Würzburg eignete sich schlecht dafür. Zu viele Tunnel, zu viele Brücken …

»Polizeihauptmeister Dettmer«, stellte sich der verdeckte Polizist nun vor, ohne Clemens auch nur eine Sekunde aus den Augen zu lassen. »Sie wirken sehr nervös. Was stimmt nicht mit Ihnen?«

»Mit mir? Alles prima!«, entgegnete Clemens und merkte selbst, wie brüchig und unsicher seine Stimme klang. Sein Auftreten war wenig überzeugend und würde den Verdacht gegen ihn nur bekräftigen.

»Sie gehören zum Bordpersonal, ja?«, fragte Polizist Dettmer.

Clemens sah an sich hinab, um zu prüfen, ob mit seinem Arbeitsdress etwas nicht stimmte. Doch alles war genau so, wie es sein sollte. Bloß das Hemd war etwas verrutscht, sodass ein Zipfel über den Gürtel hing. Er schob ihn hinein. »Ja«, sagte er und spürte seine trockene Kehle.

»Darf ich um Ihre Papiere bitten?«, fragte Dettmer.

Jetzt wird es ernst, erkannte Clemens und musste schlucken. Umständlich zog er seine Brieftasche aus der engen Weste und entnahm ihr mit zittrigen Händen seinen Personalausweis. »Bitte sehr.«

Dettmer musterte den Ausweis akribisch. Dann nickte er langsam und reichte ihn an Clemens zurück.

»Schottmeier heißen Sie also.«

»Klar, steht ja auch auf meinem Namensschild.« Clemens tippte sich mit dem Zeigefinger gegen die Brust.

»Sie wissen, weshalb ich Sie kontrolliere?« Dettmer sah ihn streng an.

»Ehrlich gesagt …« Wieder begann sich alles um Clemens zu drehen.

»Mir ist aufgefallen, dass Sie sich wiederholt am Abteil des verstorbenen Fahrgastes aufgehalten haben, zuletzt haben Sie es sogar betreten. Dabei müssten Sie mit Ihrem

Trolley eigentlich auch die anderen Zugteile bedienen. Aber dort haben Sie sich auf der gesamten Fahrt kaum blicken lassen.«

»Ich, äh …«

»Was wollten Sie dort? Hatten Sie vor, sich am Hab und Gut des Toten zu vergreifen? Waren Sie darauf aus, im Abteil etwas von Wert zu finden und es sich zu nehmen?«

Clemens schnappte nach Luft. »Aber nein!«, rief er aus und sprang auf. »Die Sachen von dem toten Mann sind doch gar nicht mehr in dem Abteil!«

»Setzen Sie sich wieder«, sagte der Polizeihauptmeister ohne jede Gefühlsregung.

»Sie wollen mir da etwas anhängen! Aber ich habe nichts gestohlen, glauben Sie mir.«

»Setzen Sie sich«, wiederholte Dettmer.

Clemens fügte sich, auch wenn es ihm schwerfiel. Nicht genug damit, dass er sich verantwortlich fühlte für den Tod des alten Vogt, wurde er jetzt auch noch zum Dieb gestempelt. Dabei wäre ihm nie in den Sinn gekommen, einen Fahrgast zu beklauen. Selbst wenn die Versuchung manches Mal groß gewesen war, hatte sich Clemens nie zu so etwas hinreißen lassen. Hatte jemand sein Portemonnaie, ein Tablet oder Handy liegen lassen, dann meldete Clemens das unverzüglich beim Zugchef. Mit einer Armbanduhr, die er einmal am Waschbeckenrand im WC gefunden und die ziemlich teuer ausgesehen hatte, war er genauso verfahren. Nicht einmal der Fünfzigeuroschein, den er vor einiger Zeit vom Boden aufgelesen hatte, war in seiner eigenen Tasche gelandet. Für so etwas war Clemens einfach viel zu furchtsam.

Umso mehr störten ihn die unbegründeten Verdächtigungen dieses Polizisten. Der Mann konnte ihm doch überhaupt nicht nachweisen, dass er etwas gestohlen hatte! Andererseits wurde Clemens nun bewusst, dass in dieser Unterstellung auch eine Chance lag. Offenbar hielt ihn der Bulle *nicht* für einen Mörder.

»Also?«, fragte Dettmer und fixierte ihn unnachgiebig. »Was hatten Sie in diesem Abteil zu suchen? Dort sitzt kein einziger Fahrgast mehr, auf einen Kunden konnten Sie daher nicht hoffen.«

»Ich …« Clemens räusperte sich. »Ich wollte das Abteil reinigen. Sauber machen und den Abfall wegräumen.«

»Das gehört nicht zu Ihren Aufgaben, oder?«

»Auf dieser Fahrt sind wir unterbesetzt«, behauptete Clemens spontan. »Da muss man auch mal andere Aufgaben übernehmen.«

Doch Dettmer machte nicht den Eindruck, als würde er ihm dieses Märchen abkaufen. Misstrauisch neigte er den Kopf und fragte: »Warum spielen Sie mir etwas vor?«

»Tue ich nicht! Wie käme ich dazu?«

»Raus mit der Sprache: Was haben Sie in diesem Abteil gesucht? Worauf waren Sie aus? Sie haben sich erschreckt, als ich hereinkam. Als hätte ich Sie bei etwas ertappt.«

Clemens war nicht in der Lage, eine Antwort zu geben. Er merkte, wie ihm die Sache entglitt.

»Hatten Sie etwas mit dem verstorbenen Fahrgast zu tun?«, fragte Dettmer mit bohrendem Blick. »Könnte es sein, dass Sie ihn kannten?«

»Warum all diese Fragen? Was wollen Sie eigentlich von mir? Ich habe mit dieser ganzen Sache nichts zu schaffen!«, wehrte sich Clemens. Er war fest entschlossen, dichtzuhalten.

Dettmer sah ihn streng an, dann erklärte er: »Ich ermittle auf Bitten der Polizistenkollegen aus Kassel und soll im Zug auf Unregelmäßigkeiten und verdächtiges Verhalten achten. Und Ihr Verhalten, mein Freund, *ist* überaus verdächtig.«

Jetzt war es raus! Neue Panik stieg in Clemens auf. Wenn dieser Polizist sich Vogts Abteil noch einmal vornahm und den Kaffeebecher fand, war alles verloren.

Clemens spürte, wie sich die Schlinge um seinen Hals zusammenzog.

WÜRZBURG

NACH EINEM LANGEN TUNNEL ERÖFFNETE sich ihnen der Blick auf das winterliche Würzburg. Zu ihrer Linken ein steil aufragender Hang mit weiß gepuderten Rebstöcken, in halber Höhe eine festlich illuminierte Restaurant- und Hotelanlage. Auf der rechten Seite tauchten die prächtigen Barockbauten der unterfränkischen Stadt auf, prunkvolle Kirchen und die Residenz, deren beleuchtete Fassaden sich im Main spiegelten.

Für einige Sekunden ließ sich Bruno von diesem Anblick einfangen und bewunderte die Schönheit und den weihnachtlichen Glanz der Stadt. Dann betrachtete er wieder die Dose, die er noch immer zwischen Daumen und Zeigefinger hielt. Er wusste nun, dass ihn sein Gefühl nicht getäuscht hatte. Einem offenbar Herzkranken eine Schachtel voller Placebos unterzuschieben und ihm damit seine dringend benötigten Herzpräparate vorzuenthalten lief aus Brunos Sicht auf kaltblütigen Mord hinaus. In seiner Hand hielt er den Beweis für eine ungeheuerliche Tat – und er fragte sich, wie er mit dieser Entdeckung umgehen sollte.

»Wir sind gleich im Bahnhof«, sagte Melanie zu ihm. »Wie sollen wir uns verhalten?«

Berechtigte Frage, fand Bruno und schaute auf die Uhr: 21:50 Uhr. Ob er hier aussteigen und zur Polizei gehen sollte? Doch war die Würzburger Polizei überhaupt zuständig? Vielleicht wäre es besser, jemanden von der Bundespolizei zu alarmieren. Wie aber sollte er sie erreichen? Am besten wieder über den Zugchef …

»Wenn Polizei auf dem Bahnsteig steht, könnten wir die Beamten direkt ansprechen«, schlug Melanie vor, was Bruno für eine gute Idee hielt.

Mit der Pillendose in der Hand und Melanie an seiner Seite begab er sich in den Wagenübergang. Der Boden unter ihren Füßen schwankte wie auf einem Schiff in schwerer See, während der Zug über mehrere Weichen fuhr und schließlich in den Bahnhof einrollte. Bruno und Melanie warteten, bis der ICE zum Stillstand gekommen war, und betätigten dann den Türöffner.

Ein leichter Wind wirbelte den lockeren Schnee auf, der den Bahnsteig bedeckte. Aufstiebende Flocken benetzten die langen Mäntel der wenigen Wartenden. Einige Reisende verließen den Zug, darunter ein Paar mit seinen zwei Kindern. Die Mutter trug Taschen und Tüten, aus denen Geschenke herauslugten, während beide Kinder in den Armen des Vaters tief und fest schliefen.

»Wie süß«, meinte Melanie. »Die habe ich vorhin in ihrem Abteil gesehen. Sie haben Bescherung gefeiert, als wären sie bei sich zu Hause im Wohnzimmer.«

»Ach ja?«, sagte Bruno abwesend und spähte nach links und nach rechts. Die Sicht war wegen des aufgewehten Schnees nicht besonders gut. »Ich sehe leider keine Spur von einem Polizisten.«

Schon ertönte das Signal zur Weiterfahrt; Bruno zog

den Kopf ein, als die Tür zischend zuging. Damit hatte sich auch das kleine Zeitfenster geschlossen, das er nutzen wollte, um seine Entdeckung zu melden. Was für ein Pech.

»Dann müssen wir uns eben doch wieder an den Schaffner wenden«, sagte Melanie, und abermals stimmte Bruno ihr zu. Der Zugchef hatte sicherlich die Möglichkeit, sich über Funk mit der Bundespolizei in Verbindung zu setzen.

»Gehen wir ihn suchen«, sagte Bruno und vergewisserte sich, ob er die Pillendose noch hatte. Ja, sie steckte wohlbehalten in seiner Hosentasche.

Einmal mehr durchquerten sie die Reihe der Wagen, in denen nun fast niemand mehr saß. Es war geradezu gespenstisch ruhig. Nur das gelegentliche Rattern der Räder und das Rauschen des Fahrtwindes begleiteten sie bei der Suche nach dem Schaffner.

»Was meinst du«, fragte Melanie, die sich dicht hinter Bruno hielt, »ob wohl derjenige, der das getan hat, noch an Bord ist? Ich meine: Wer auch immer es gewesen ist, er hätte den Inhalt der Pillendose auch vor Vogts Bahnreise austauschen können. Es könnte also gut sein, dass er gar nicht mitfährt.«

»Ich weiß es nicht«, entgegnete Bruno. »Fest steht nur, dass der Täter nicht spontan gehandelt hat. Ganz im Gegenteil: Er hat sich gründlich vorbereitet und penibel darauf geachtet, dass die Placebos der Originalmedizin zum Verwechseln ähnlich sehen. Wenn man die Kapseln nicht öffnet und den Inhalt prüft, hat man praktisch keine Chance, den Betrug zu durchschauen. Auch mir ist es ja nur aufgefallen, weil die Übergänge der Kapselhälften unsauber verbunden sind und mir das suspekt vorkam. Doch wer achtet schon auf so etwas, wenn er gerade Herzprobleme hat? Vogt hat es bestimmt nicht gemerkt.«

»Dann muss der Täter Vogt schon lange vor der Tat ausgespäht haben?«

»Vermutlich ja. Anders kann ich es mir nicht erklären. Woher hätte er sonst von Vogts Erkrankung wissen sollen und davon, dass er immer ein Döschen mit Herztabletten bei sich trug?«

Sie erreichten zum wiederholten Mal an diesem Abend den Speisewagen, wo sich die Belegung der Tische inzwischen erneut geändert hatte. Das ältere Ehepaar war gegangen, ebenso die Strickoma. Stattdessen erkannte Bruno den alerten Geschäftsmann aus seinem Waggon, der versucht hatte, Melanie zu einem Schluck aus seiner Schampusflasche zu überreden. Gleich dahinter saß das frisch verliebte Paar. Auch hier kuschelten die zwei eng an eng und küssten sich innig. Lediglich Eisenbahnfreund Humbold war noch immer auf seinem angestammten Platz. Er winkte sie zu sich, kaum dass er sie erblickte.

»Hallo, meine Freunde!«, rief er freudig. »Ich hatte schon befürchtet, Sie wären in Würzburg ausgestiegen. Umso schöner, dass ich Sie noch einmal sehe.«

Bruno blieb an Humbolds Tisch stehen, um sich bei ihm nach dem Zugchef zu erkundigen, kam aber nicht zu Wort.

»Mir ist eingefallen, dass ich Ihnen bei unserem Gespräch vorhin einen der wichtigsten Züge unterschlagen habe: die Transsibirische Eisenbahn, kurz *Transsib* genannt. Ich hatte das große Glück, einmal im Sonderzug ›Zarengold‹ mitreisen zu dürfen, das ist die Luxusvariante. Und zwar auf der Originalroute von Wladiwostok nach Moskau. Feinste Ledersitze, Holzpaneele um die Fenster, eine gut bestückte Bar und etliche Annehmlichkeiten mehr. Was für ein wunderbares Privileg! Im Frühjahr werde ich mit der Rørosbahn die norwegische Wildnis erkunden. Möchten Sie sich nicht setzen? Dann erzähle ich Ihnen davon.«

»Tut mir leid, wir müssen dringend den Zugchef sprechen«, stellte Bruno klar. »Haben Sie ihn gesehen?«

»Oh!« Humbold machte große Augen. »Das hört sich nicht gut an. Ist womöglich etwas passiert?«

»Wir müssen mit ihm reden, das ist alles. Ist er in den letzten Minuten hier durchgekommen?«, drängte Bruno.

»Ja, das ist er«, antwortete Humbold mit besorgter Miene. »Vielleicht vor vier oder fünf Minuten. Sie müssten ihn in einem der nächsten Wagen erwischen.«

»Danke!«, rief Bruno und ging weiter, Melanie folgte ihm.

»Gern. Viel Glück!«

Bruno hatte es eilig, voranzukommen, Melanie blieb ihm auf den Fersen und fragte: »Was ist, wenn der Täter den Austausch der Pillen doch erst im Zug vorgenommen hat? Und an Bord geblieben ist, um sicherzustellen, dass sein Plan auch aufgeht?«

»Dann würde er ein beträchtliches Risiko eingehen, erwischt zu werden«, sagte Bruno. »Aber möglich ist es natürlich. Wieso? Hast du einen bestimmten Verdacht?«

»Wie sieht es mit dem Snackverkäufer aus? Der ist ständig mit seinem Rollwagen unterwegs.«

»Wie kommst du gerade auf ihn?«, wunderte sich Bruno, ohne sich nach ihr umzusehen.

»Ich erinnere mich, dass er Vogt einen Kaffee verkauft hat. Das war, kurz bevor der alte Mann seinen Anfall bekam. Er wirkte dabei reichlich seltsam, so als würde er etwas im Schilde führen. Vielleicht hat er, während Vogt nach seinem Kleingeld kramte, die Pillen heimlich ausgetauscht?«

Bruno hielt das für abwegig, denn wie hätte ausgerechnet der Verkäufer exakt die passenden Zuckerpillen parat haben sollen? Falls die Tat von langer Hand geplant war, passte der Mann nicht ins Bild.

Ganz ausschließen ließ es sich natürlich auch nicht. Deshalb blieb Bruno stehen und erkundigte sich bei Melanie: »Wie soll er das bewerkstelligt haben? Er musste den Kaffee ausschenken, Vogt den Becher überreichen und gleich danach das Geld entgegennehmen. Da bleibt nicht viel Raum für einen Taschenspielertrick. Oder ist dir noch mehr an dem Verhalten des Mannes aufgefallen?«

»Nein, nichts Konkretes. Der Typ ist nur überhaupt ein bisschen komisch. Er kam mir ziemlich nervös vor.« Melanie rätselte weiter: »Dann muss es wohl doch jemand anderes getan haben. Jemand, dem mehr Zeit und Gelegenheit für den Tausch blieb, weil er sich länger in dem Abteil aufhielt.«

»Der Zugchef?«, probierte Bruno, ohne an diese Möglichkeit wirklich zu glauben.

»Nein, der ist bloß ganz kurz bei uns aufgekreuzt.«

»Viele Alternativen bleiben nicht. Ausgenommen, der Täter hat sich bereits von Anfang an im Abteil aufgehalten …«, spann Bruno den Gedanken weiter. Er wandte sich nach Melanie um.

Diese konnte nicht schnell genug abbremsen und rempelte ihn an.

»Du meinst doch nicht etwa mich?«, fragte sie entgeistert.

»Unsinn, ich rede natürlich nicht von dir!« Bruno meinte, was er sagte. Auch wenn er sich dessen, nüchtern betrachtet, nicht wirklich sicher sein konnte. Er kannte Melanie ja erst seit wenigen Stunden und wusste so gut wie nichts über sie. Zwar spürte er ihre Offenheit ihm gegenüber und auch ihre Zuneigung, doch das alles konnte sie ihm auch vorheucheln.

Melanie sah ihn verwirrt an. »Aber außer Herrn Vogt und mir war nur diese alte Frau im Abteil. Die, die vorhin im Speisewagen hinter uns gesessen hat. Hältst du es etwa für möglich, dass sie …«

Melanie sprach den Satz nicht aus, doch Bruno vollendete ihn im Stillen. Er wollte diese Variante nicht von vornherein einfach streichen. Die alte Dame, die sich allem Anschein nach nur mit ihrer Strickerei beschäftigt hatte und es sich später bei Weihnachtsgans und Wein gut gehen ließ, kannte sich womöglich nicht nur mit Wolle und Nadeln gut aus, sondern auch mit Tabletten. Hatte sie Vogt gekannt oder zumindest gewusst, wer er war? In welchem Verhältnis sie auch immer zu Vogt gestanden hatte, vielleicht war sie ihm nicht wohlgesonnen.

Bruno brannte es jetzt erst recht unter den Nägeln, den Zugchef zu finden.

WÜRZBURG – NÜRNBERG

»SIE WOLLEN ALSO NICHTS SAGEN.« Polizeihauptmeister Dettmer, der noch immer in seinem scharlachroten Kostüm steckte, sah Clemens unverwandt an. »Ihnen ist bewusst, dass gerade dieses beharrliche Schweigen Sie verdächtig macht?«

Clemens hörte die Worte und verstand sie auch, war jedoch nicht mehr imstande, darauf zu reagieren. Zu sehr war er in seiner inneren Welt gefangen, in seinen Ängsten und dem drückenden Schuldgefühl. Seine Gedanken kreisten nur noch darum, ob es nicht doch noch eine Fluchtmöglichkeit gab oder vielleicht irgendein Wunder, das ihn retten konnte.

»Ich verstehe«, sagte Dettmer, blies die Wangen auf und stieß Luft aus. »Sie machen es mir wirklich nicht leicht, Clemens.« Demonstrativ blickte er auf seine Armbanduhr. »Bis zum nächsten Halt sind es noch dreiundfünfzig Minuten. So lange haben Sie Zeit, sich zu überlegen, ob Sie mir nicht lieber die Wahrheit sagen wollen. Glauben Sie mir: Sie machen es wirklich nicht besser mit Ihrem Schweigen.«

Das wusste er ja, dachte Clemens, aber was sollte er tun? Noch weiter den Unschuldigen zu mimen, dazu war es inzwischen zu spät. Das würde ihm dieser Bulle nie und nimmer abkaufen. Erst recht nicht, nachdem er ihn im Abteil des Toten erwischt hatte. Nein, er kam aus der Nummer nicht mehr heraus, das sah Clemens ein.

Unwillkürlich musste er an eine ähnliche Situation denken, die viele Jahre zurücklag und sich ebenfalls in der Weihnachtszeit zugetragen hatte. Damals, als Jugendlicher, hatte er ein Verkehrsschild abgeschraubt und war dabei von zwei Streifenpolizisten erwischt worden. Sie hatten ihm das Schild abgenommen und ihn peinlich genau befragt, was er als äußerst demütigend empfunden hatte. Doch die einzige Strafe hatte später aus zwei Ohrfeigen bestanden, die ihm seine Mutter versetzt hatte. Eine links und eine rechts.

Nun aber sah die Lage völlig anders aus. Es ging hier nicht um ein entwendetes Schild, sondern um den Tod eines Menschen.

Dettmer schien allmählich die Geduld zu verlieren. Demonstrativ schob er die Ärmel seines Weihnachtsmannkittels hoch. »Es sieht so aus, als würde sich Ihr Weihnachtsfest etwas anders gestalten, als Sie es sich vielleicht vorgestellt haben. Sie werden mich am Endhaltebahnhof in München aufs Revier begleiten müssen.«

Er musterte Clemens und wartete wohl auf eine Reaktion. Als dieser mit erstarrter Miene weiterhin schwieg, fuhr er fort: »Sollten sich im Zusammenhang mit dem Versterben des Fahrgastes Ungereimtheiten ergeben, werden Sie an die Kollegen der Kriminalpolizei überstellt.«

Ungereimtheiten? Clemens lief es eiskalt über den Rücken. Ganz sicher würde man auf Ungereimtheiten stoßen, wenn Vogts Leiche erst einmal untersucht worden war. Dann läge es auf der Hand, dass es der Kaffee gewesen sein musste, was zu Vogts Tod geführt hatte. Und jeder würde wissen, wer ihm dieses Getränk gegeben hatte: nämlich Clemens!

Plötzlich ertrug er den inneren Druck nicht länger, und es brach aus ihm heraus. Er musste endlich loswerden, was sich in den letzten Stunden in ihm aufgestaut hatte. Clemens war nun mal kein abgebrühter Schwerverbrecher, der ein Pokerface wahren konnte, bis man ihm wirklich alles nachwies – oder auch nicht. Nein, für so etwas fehlten ihm die Nerven. Daher sprudelten nun die Worte und hörten nicht auf, auch wenn er gleichzeitig erkannte, dass er sich gerade um Kopf und Kragen redete: »Ja, ich bin es gewesen. Es ist ganz plötzlich über mich gekommen, als ich Vogt da sitzen sah. So selbstgefällig und zufrieden. Ich habe es einfach nicht ertragen, dass er mit allem davongekommen ist. Nicht nach dem, was er mir angetan hat!«

Dettmer zog die Brauen hoch. »Was hat er Ihnen denn angetan?«

»Dieser Mann hat mein Leben zerstört!«, fuhr Clemens aufgebracht fort. »Dr. Vogt, der große Zahlenjongleur, war in Wahrheit ein gemeiner Betrüger!«

»Ich kann Ihnen nicht ganz folgen.«

»Er nannte sich Finanzberater. Für seine Kauftipps und Hinweise ließ er sich fürstlich belohnen, er strich satte ›Beratungshonorare‹ ein und lebte glänzend davon. Doch sobald es bei seinen Kunden nicht mehr gut lief, stahl er sich aus der Verantwortung und ließ sie im Regen stehen. Damals war das angebliche Finanzgenie Vogt für mich von heute auf morgen nicht mehr zu sprechen, er ging nicht mehr ans Telefon und beantwortete keine meiner Mails.«

Dettmer hob die Hände. »Mal langsam. Von was reden Sie da eigentlich?«

Clemens verhaspelte sich wiederholt, während er sich darum bemühte, die Geschichte seines wirtschaftlichen Niedergangs so zusammenhängend wie möglich zu schildern.

»Und als ich ihn dann dort sitzen sah, ist es einfach geschehen. Da konnte ich nicht anders, ich wollte es ihm endlich heimzahlen«, endete Clemens.

Dettmer tat sich offenkundig noch immer schwer, Clemens' teils wirren Erklärungen zu folgen.

»Was genau haben Sie denn gemacht?«, wollte er wissen.

»Verstehen Sie das denn nicht?«, stellte Clemens die Gegenfrage, denn er ging davon aus, dass ihn der Polizist längst durchschaut hatte. »Ich habe es ihm in den Kaffee geschüttet.«

Dettmer wirkte zusehends ungeduldig, als er nachfasste: »*Was* haben Sie in den Kaffee geschüttet?«

»Na ja, ich leide unter Verdauungsproblemen«, holte Clemens erneut aus. »Seit meiner Pleite habe ich echte Schwierigkeiten damit, denn das Ganze hat sich bei mir im wahrsten Sinne des Wortes auf den Magen geschlagen. Deswegen nehme ich dieses Zeug, mehr oder weniger regelmäßig. Ich habe immer eine Packung bei mir.« Clemens fingerte an seinem Kittel und zog eine schmale Pappschachtel heraus. »Dolcarix, ein starkes Abführmittel.«

Dettmer schüttelte ungläubig den Kopf. »Sie haben dem armen Mann Abführmittel in den Kaffee getan? Was wollten Sie damit bezwecken?«

»Das ist doch sonnenklar! Ich wollte, dass es ihm richtig

dreckig geht!«, platzte es aus Clemens heraus. »So dreckig wie mir damals, nachdem er mich in die Pleite geritten hat. Ich wollte, dass ihm speiübel wird und er für den Rest der Reise nicht mehr vom Klo herunterkommt. Deswegen habe ich ihm nicht nur eine, sondern gleich drei Stück von dem Zeug verpasst.« Geknickt räumte er ein: »Das war wohl zu viel …«

Dettmer streckte die Hand nach der Tablettenpackung aus und überflog den Text auf der Rückseite. Dann fragte er: »Der Kaffeebecher – haben Sie den im Abfalleimer gesucht, als ich aufgekreuzt bin?«

Clemens senkte betroffen den Kopf. »Ja. Sie werden ihn sicherstellen, richtig?«

Dettmer nickte. »Ich werde ihn mir holen, damit geklärt werden kann, ob die Konzentration der von Ihnen zugefügten Substanz tatsächlich zum Tod geführt haben kann. Bis dahin bleiben Sie bei mir, verstanden? Und keine Dummheiten mehr!«

Clemens fügte sich in sein Schicksal. In sich zusammengesunken verfolgte er, wie Dettmer sein Smartphone zur Hand nahm und darauf zu tippen begann. Vermutlich verständigte er die Kollegen von der Bundespolizei, um zu vereinbaren, wo man Clemens abführen würde. An der Endhaltestelle in München oder doch schon in Nürnberg, wo der Zug etwa um 23:00 Uhr eintreffen würde, vielleicht sogar etwas früher.

Währenddessen rollte der ICE durch die finstere Winternacht, auf diesem Abschnitt deutlich langsamer als auf der übrigen Strecke. Denn das Teilstück zwischen Würzburg und Nürnberg war in Gegensatz zum Rest der Strecke noch immer nicht für Hochgeschwindigkeitsfahrten ausgebaut.

Es gab zu viele Kurven und Weichen, wie Clemens wusste. Daher benötigte der Zug für die knapp hundert Kilometer auch so lange.

Dettmer bearbeitete weiter sein Handy und machte keinerlei Anstalten, das Abteil zu verlassen, natürlich mit Clemens im Schlepptau. Warum auch? Der Becher in Wagen 8 würde ihnen ja nicht weglaufen. Dettmers eifriges Versenden von Nachrichten konnte aber auch bedeuten, dass der Polizist noch dabei war, die Zuständigkeiten zu klären. Clemens warf einen verstohlenen Blick auf seine Uhr. Es blieb immer noch verdammt viel Zeit, um über den unverzeihlichen Fehler nachzudenken, den er begangen hatte, als er das Abführmittel in Vogts Kaffee warf.

»Wenn man ihn braucht, ist er einfach nicht zu fassen«, schimpfte Bruno, während er mit Melanie im zugigen Übergang zweier Waggons stand und nicht wusste, wie es nun weitergehen sollte.

»Ich vermute mal, wir haben es am falschen Ende des Zuges versucht«, sagte er zu Melanie.

»Aber dieser Humbold ›ohne t‹ hat doch gesagt, der Schaffner wäre in diese Richtung gegangen.«

Bruno hob ratlos die Schultern. »Es könnte sein, dass sich der Zugchef und seine Kollegin in ihr Dienstabteil zurückgezogen haben. Dann müssen wir eben danach suchen. Keine Ahnung, in welchem Wagen das ist und woran man es erkennt.«

»Also gehen wir noch einmal den ganzen Zug ab?«,

fragte Melanie, die im fahlen Licht des Gangs blass und müde aussah. Kein Wunder, dachte Bruno. Es ging schon auf halb elf zu, und die Aufregung der vergangenen Stunden war nicht spurlos an ihr vorübergegangen.

»Uns bleibt wohl nichts anderes übrig«, entgegnete Bruno. Auch ihm fiel es zusehends schwerer, Optimismus zu verbreiten. Zum x-ten Mal an diesem Abend durchwanderten sie die Wagenreihen, in denen sich die wenigen Zusteiger einen Platz suchten. Bald kamen sie wieder durch den Speisewagen, diesmal jedoch, ohne von dem mitteilsamen Humbold aufgehalten zu werden. Er hatte seinen Platz mittlerweile geräumt.

Anschließend passierten sie eine Abfolge leer stehender Abteile. Bruno wollte gerade in den nächsten Waggon wechseln, als Melanie ihn anstupste.

»Weißt du, wo wir gerade sind?«, fragte sie ihn.

»Nein, allmählich verliere ich die Orientierung.«

»In Wagen 8. Dort, wo Herr Vogt gestorben ist.«

»Dann lass uns weitergehen, hier werden wir den Zugchef kaum finden.«

»Warte mal«, sagte Melanie ungewöhnlich leise.

Bruno reagierte und wandte sich zu ihr um. Sie war vor einem der Abteile stehen geblieben, das Bruno im Vorbeigehen für leer gehalten hatte. Dabei hatte er übersehen, dass auf einem der Fensterplätze, halb verborgen hinter einem vom Garderobenhaken baumelnden Mantel, doch noch jemand saß. Auf den zweiten Blick erkannte er auch, wer es war.

»Die Strickoma …«, flüsterte er. »Aber sie strickt nicht, sondern schläft.«

»Das ist doch Vogts Abteil, oder? Weshalb mag sie da

wieder eingezogen sein?« Melanie sah erst die schlummernde Frau, dann Bruno an. »Wie friedlich sie aussieht. Klein, zierlich und zerbrechlich. Als könnte sie keiner Fliege etwas zuleide tun.«

»Wahrscheinlich ist das auch so«, meinte Bruno. »Trotzdem sollten wir sie auf die Pillendose ansprechen. Dann sehen wir schon, wie sie reagiert.«

»Wir sollen sie aufwecken?« In Melanies Stimme war ein Zögern zu vernehmen.

»Ich finde schon«, sagte Bruno und nahm die Pillendose aus der Hosentasche, um anschließend behutsam die Tür aufzuschieben.

Melanie folgte ihm wie ein Schatten. Sie standen nun direkt vor der Schlafenden, und Bruno setzte gerade zu sprechen an, um die alte Dame zu wecken.

Genau in diesem Moment schlug die Frau die Augen auf. Durch ihre kreisrunden Brillengläser taxierte sie Bruno und Melanie. Einen kurzen Moment lang blieb ihr Blick an der Pillendose in Brunos Hand hängen, dann flitzten ihre Pupillen wieder zwischen den beiden hin und her. Auf einmal ließ sie ihre Rechte ebenso flink in der Handtasche verschwinden, und als sie sie wieder herauszog, hielt sie einen kleinen, silbern glänzenden Gegenstand in der Hand.

Bruno fuhr zurück. »Das ist doch nicht etwa eine ...«

»Doch, doch«, sagte die alte Frau mit einer Stimme, die keinen Zweifel duldete. »Eine Pistole. Klein, aber fein. Sie erfüllt ihren Zweck, wenn sie muss.« Sie schwenkte den kurzen Lauf der Waffe von oben nach unten. »Tür zu und setzen.«

Bruno kam der Aufforderung ohne Widerworte nach.

Auch Melanie ließ sich auf einen der freien Plätze sinken. Sie war jetzt noch blasser als zuvor.

»Sie haben sie also gefunden«, sagte die Alte mit einem Nicken zu Brunos Hand, in der er die Pillendose hielt. »Wo hat sie bloß gesteckt? Ich habe das ganze Abteil danach abgesucht. Zuvor schon und gerade eben noch einmal.«

Bruno schluckte den Kloß in seinem Hals hinunter. »Sie waren das also. Sie haben die Tabletten ausgetauscht. Warum?«, fragte er und versuchte, in ihrem faltigen Gesicht zu lesen. »Weshalb musste Herr Vogt sterben?«

»Ich habe nicht erwartet, dass ich mich dafür jemals erklären müsste«, sagte die Frau ganz offen und ohne eine Spur von Reue zu zeigen. »Es sollte nach einem gewöhnlichen Herzanfall aussehen.« Verärgert fuhr sie fort: »Wenn ich doch bloß die Dose mit den Placebos wiedergefunden hätte. Zu dumm, dass sie ausgerechnet Ihnen in die Hände fallen musste, einem Arzt, der sich offenbar damit auskennt. Sie haben mir gleich so einen ausgefuchsten Eindruck gemacht. Aber glauben Sie nicht, Sie könnten mir die Bescherung verderben. Nicht nach all der Mühe, die ich mir mit der Vorbereitung gegeben habe.«

Bruno fühlte sich in seinem Verdacht bestätigt. Diese so harmlos wirkende Seniorin hatte die ganze Sache sorgfältig durchdacht und vorbereitet. Sie musste Vogts Gewohnheiten gründlich recherchiert und den Namen seines Herzpräparats herausgefunden haben. Anschließend besorgte sie sich täuschend echte Duplikate und tauschte in einem günstigen Moment die Placebos gegen die echten Pillen. Zuletzt war sie sogar Zeugin der fatalen Wirkung geworden.

Welch ein Triumph für eine Mörderin.

Bruno kannte nun die Täterin, doch es fiel ihm schwer, diese Erkenntnis zu verarbeiten. Dutzende Fragen gingen ihm durch den Kopf: War das wirklich die Lösung des Rätsels? Und wenn ja, warum hatte sich die Frau ausgerechnet einen Zug und diesen besonderen Abend dafür ausgesucht, um ihren heimtückischen Plan umzusetzen? Sie hatte von einer »Bescherung« gesprochen – stellte Vogts Tod für sie allen Ernstes so etwas wie ein Geschenk dar? Und was, zum Teufel, hatte sie dazu getrieben?

»Herr Vogt war doch früher Finanzexperte«, ergriff Melanie das Wort. Ihre Stimme klang dünn und schwach. »Kann es sein, dass er auch Sie beraten hat?«

Ein Blitzen war in den Augen der alten Frau zu sehen. »Nicht mich, aber meinen Mann Rupert. Ich habe Ihnen von ihm erzählt, Kindchen.«

»Ja«, bestätigte Melanie zaghaft. »Das haben Sie.«

»Mein Rupert war bedauerlicherweise ein sehr gutgläubiger Mensch. Ich habe ihm immer wieder gesagt, dass ihm sein blindes Vertrauen in das Gute im Menschen eines Tages sehr schaden könnte. Aber welcher Mann lässt sich von seiner Frau ins Gewissen reden, wenn es ums Geschäft geht?« Sie seufzte theatralisch. »Rupert ist Vogt auf den Leim gegangen und hat ihm all unsere Rücklagen für die Zeit der Rente anvertraut. Vogt hatte behauptet, er könne sie im Handumdrehen verdreifachen. Aber daraus wurde nichts. Wir haben durch seine windigen Spekulationen alles verloren. Das Geld und sogar unsere Eigentumswohnung. Und ich habe am Ende auch meinen lieben Rupert verloren. Er hat sich vor Kummer und Scham das Leben genommen.«

Ein harter Schicksalsschlag. Bruno konnte die hilflose

Wut der alten Dame auf den raffinierten Betrüger nachvollziehen. Manch einer wäre an einem solchen Schicksalsschlag zerbrochen, sie hatte den Entschluss gefasst, sich ein für alle Mal zu rächen, um ihren Frieden zu finden. Ein Friede, der durch Brunos und Melanies Zeugenaussage gefährdet werden könnte. Bruno war kein Psychologe, konnte sich jedoch ausrechnen, dass diese Frau keinen Rückzieher machen würde. Sie hatte einmal gemordet – wenn es sein musste, würde sie es ein weiteres Mal tun.

Ihre einzige Chance, aus dieser Situation lebend herauszukommen, sah er darin, zu reden. Sie mussten die Frau in ein Gespräch verwickeln und an ihre Vernunft appellieren. »Hören Sie!«, rief Bruno in beschwörendem Ton. »Jedes Gericht der Welt wird Ihre Beweggründe verstehen. Ich bin mir sicher, dass Sie mit einem milden Urteil rechnen können. Aber nur, wenn Sie sofort damit aufhören, uns zu bedrohen. Nehmen Sie Vernunft an und legen die Waffe nieder!«

»Vernunft?« Die alte Dame spie dieses Wort voller Spott aus. »Vernünftig bin ich mein Leben lang gewesen. Und was habe ich davon gehabt? Nichts!« Die Mündung der Pistole richtete sich nacheinander erst auf Bruno, dann auf Melanie. »Dabei hatte ich alles so genau ausgetüftelt. Wochenlang habe ich Vogt ausgespäht und mir ein Rezept für seine Herzpillen erschlichen. Daher wusste ich genau, wie sie aussehen mussten, ich konnte die Kapseln mit Traubenzucker füllen und sie im geeigneten Moment austauschen: gleich zu Beginn der Bahnfahrt, als Vogt mit Ihrer Freundin ins Gespräch vertieft war. Nur leider konnte ich das Pillendöschen nach dem Tod Vogts nicht mehr finden. Auch später nicht, als ich in der zugehängten Kabine noch einmal danach suchte. Und nun? Nun halten Sie den Beweis in Ihren Händen, weshalb ich zu Plan B greifen muss.«

Sie sagte das so kühl und berechnend, dass Bruno angst und bange wurde. Diese Frau hatte nicht vor, aufzugeben, selbst wenn er noch so lange auf sie einredete.

»Was haben Sie vor?«, fragte er, erhob sich und stellte sich schützend vor Melanie.

»Ich habe zwar nicht damit gerechnet, dass es schiefgehen könnte«, sagte die Alte und stand ebenfalls auf, »trotzdem habe ich mir zur Sicherheit diese Pistole aus dem Erbe meines Mannes eingesteckt.« Geradezu belustigt fuhr sie fort: »Das ist ja das Schöne am Bahnfahren, dass man im Gegensatz zum Flugzeug nicht kontrolliert wird. Mein Gott, bin ich froh, dass Vogt sich für seine Reise kein Flugticket gekauft hat.«

Bruno merkte, wie Melanie hinter ihm zitterte. Sie war offenbar in Panik.

»Was haben Sie vor?«, fragte er erneut.

Die Frau sah ihn entschlossen an: »Ich habe genug gelitten. Ich lasse mir von Ihnen nicht alles kaputt machen.«

»Kommen Sie, wir holen uns jetzt den Kaffeebecher!« Polizeihauptmeister Dettmer hatte den Austausch von Kurznachrichten beendet und drängte Clemens zum Aufstehen.

Lieber wäre es Dettmer sicherlich gewesen, wenn er den

Becher hätte allein holen können, vermutete Clemens. Denn einen möglichen Mörder wie ihn noch einmal durch den kompletten Zug zu schleusen barg Risiken. Aber Dettmer war auch nicht so blöd, Clemens unbewacht zurückzulassen. Eine Alternative gab es nicht, wusste Clemens, der den ICE so gut kannte wie seine Westentasche. Ein Zug wie dieser verfügte weder über eine Gefängniszelle noch über irgendwelche anderen Räume, wo man jemanden einsperren konnte.

Das schien Dettmer durchaus klar zu sein, denn er wirkte ebenso ungeduldig wie unzufrieden. »Auf gehts!«, befahl er.

»Was passiert mit meinem Trolley?«, wollte Clemens wissen.

»Der bleibt hier.«

»Das geht nicht!«, protestierte Clemens. »Ich bin für den Inhalt verantwortlich. Wenn später etwas von der Ware fehlt, muss ich das aus meiner eigenen Tasche bezahlen.«

»Ich glaube, Sie haben bald ganz andere Probleme, Mann!« Dettmer sah ihn unwirsch an. »Aber meinetwegen. Nehmen Sie den Wagen mit.«

Clemens löste die Fußbremse und schob den Trolley durch die stillen Gänge, dicht gefolgt von Dettmer. Wahrscheinlich würde der Polizist froh sein, wenn er ihn endlich an seine Kollegen übergeben konnte und die Sache für ihn erledigt war, vermutete Clemens.

Doch für ihn selbst ging der Ärger dann erst richtig los. Wahrscheinlich würde man ihn die ganze Nacht hindurch verhören. Spätestens, wenn die Ermittler seine Vita durchleuchteten, würden sie auf die dunklen Kapitel in seiner

Vergangenheit stoßen, und dann war es ohnehin um ihn geschehen.

Wollte er das? Sich wehrlos in sein Schicksal ergeben? Während er gemessenen Schrittes weiterging, begehrte etwas in ihm plötzlich auf. Er sträubte sich dagegen, einfach kampflos aufzugeben. Verzweifelt suchte er nach Möglichkeiten, dem sicheren Gefängnisaufenthalt doch noch zu entgehen. Was blieb ihm noch?

Abermals ging er alle möglichen Szenarien einer Flucht durch. Bei seinen Überlegungen spielte die veraltete Streckenführung auf diesem Abschnitt eine Rolle, die sich vielleicht für ihn günstig erweisen könnte. Immer wieder holperte es unter ihnen, und die Waggons legten sich in Kurven. Während Clemens ausreichend Halt an seinem Trolley fand, musste sich Dettmer in solchen Momenten an den Kopfstützen der Sitze festhalten, an denen sie gerade vorbeikamen. Clemens spielte mit der Idee, eine dieser Situationen auszunutzen: In einer besonders engen Kurve würde er sich blitzschnell über seinen Wagen schwingen wie über einen Bock in der Turnhalle. Gleich darauf wollte er den Karren querstellen und so verkeilen, dass die Räder blockierten. Bis Dettmer seine Überraschung überwunden und die Barriere umgangen hätte, wäre Clemens längst im Übergang zum nächsten Wagen. Dort würde er die Notbremse ziehen, die Tür öffnen und hinausspringen. Die Umgebung, durch die sie gerade fuhren, ließ das zu. Auf diesem Abschnitt gab es keine Tunnel und nur ab und zu eine Überführung. Er könnte sich ins Dickicht und in die umliegenden Wälder schlagen und auf diese Weise entkommen.

Aber was, wenn Dettmer auf ihn schoss? Clemens

wusste zwar nicht genau, ob der Bundespolizist überhaupt bewaffnet war, denn eine Pistole hatte er bislang nicht zu Gesicht bekommen. Außerdem würde der Polizist wohl kaum in einem Waggon herumballern wie ein wild gewordener Cowboy. Oder etwa doch? Sicher sein konnte Clemens jedenfalls nicht.

Er kam nicht dazu, seinen Plan weiterzuverfolgen, denn in der Mitte eines Großraumwagens wurde er von einem Fahrgast angesprochen.

»Hallo«, rief ihm ein Halbwüchsiger mit Pickelgesicht zu. Neben ihm, auf dem Fensterplatz, saß eine schlafende Frau, wohl seine Mutter. »Ich habe Hunger.«

Clemens hielt an und sah sich Rat suchend nach Dettmer um. Der zögerte kurz, nickte dann aber.

»Was möchtest du haben?«, fragte Clemens daraufhin den Jungen.

»Haben Sie Würstchen?«

Clemens hob den Deckel eines Topfes an. »Ja, ein Paar Wienerle ist noch da. Aber wahrscheinlich nur noch lauwarm.«

»Macht nichts«, beschied der Jugendliche. »Die nehme ich. Mit Ketchup und 'ner Semmel dazu. Und 'ne Cola.«

Während Clemens zur Würstchenzange griff, stupste der Junge seine Mutter an. »Hey, Mom, hast du mal zehn Euro für mich?«

Die Mutter fuhr zusammen. Dann rieb sie sich die Augen, sah erst ihren Sohn und danach Clemens an. »Wofür brauchst du Geld?«

»Wienerle«, antwortete der Jugendliche und klang genervt.

Die Mutter schüttelte den Kopf. »Es wird jetzt nichts

gekauft«, bestimmte sie. »Wenn du Hunger hast: Wir haben Lebkuchen dabei und selbst gebackene Plätzchen von Oma Elke.«

»Ich hab jetzt echt genug von dem süßen Zeug«, erwiderte der Junge und verzog das Gesicht, um anzudeuten, was er vom Gebäck seiner Großmutter hielt.

Clemens hörte den beiden nur mit halbem Ohr zu, er kannte diese Art von Diskussion. Ein Machtkampf zwischen Eltern und ihrem Nachwuchs. Meistens setzten sich am Ende die Kinder durch. Während er abwartete, ob es bei der Bestellung blieb oder nicht, wanderten seine Blicke über den Verkaufswagen. Darauf standen der Würstchentopf, einige Softdrink-Dosen und daneben diverse Packungen mit Snacks. Außerdem war da noch eine Schere. Die brauchte er, wenn er einen Tetrapack mit Milch oder Saft öffnen wollte.

Die Schere war nicht besonders lang und hatte abgerundete Spitzen. Ob sie trotzdem als Waffe taugte? Vorsichtig streckte Clemens seine Finger danach aus ...

In diesem Moment spürte er einen Stoß im Rücken. Dettmer stand jetzt unmittelbar hinter ihm, so dicht, dass Clemens seinen Atem im Nacken spürte.

»Denken Sie nicht mal daran«, zischte Dettmer ihm ins Ohr. »Bedienen Sie die Leute, dann geht es weiter.«

Clemens zog seine Hand sofort zurück.

»Ach, komm schon, Mom«, drängte der Junge. »Heute ist Weihnachten!«

»Na schön ...«, gab die Mutter nach und zückte ihr Portemonnaie.

Clemens händigte Würstchen, Brötchen und Cola aus. Anschließend schob er den Trolley an und verwarf jegliche

Fluchtpläne. Denn nun stand fest: Dettmer behielt ihn ganz genau im Auge, er würde sofort reagieren, sollte Clemens auch nur zucken.

»Was passiert, wenn Sie den Becher haben?«, fragte Clemens, als sie wieder einen Bereich mit Abteilen erreichten.

»Dann gehts zum Zugchef«, sagte Dettmer. »Er soll uns die Kabine der Zugbegleiter aufschließen. Dort bringe ich Sie unter, bis wir angekommen sind.«

Damit war sein Schicksal wohl besiegelt, erkannte Clemens. Das fürs Personal reservierte Abteil ließ sich tatsächlich absperren, daran hatte Clemens gar nicht mehr gedacht. Wenn er dort erst einmal gefangen saß, hatte er keine Chance mehr, sich aus der Sache noch herauszuwinden. Und bis es so weit war, würde es für ihn kaum noch eine Gelegenheit geben, sich doch noch aus dem Staub zu machen.

Niedergeschlagen ließ er den Trolley vorwärtsrollen. Viel zu bald erreichten sie die Abteile von Wagen 8. Clemens hatte aufgegeben. Es war vorbei, aus und vorbei. Dies war das deprimierendste Weihnachtsfest seines ganzen Lebens.

Mitten in seine düsteren Gedanken hinein drangen Stimmen. Sie mussten aus einem der Abteile vor ihnen kommen. Clemens merkte gleich, dass es sich um keine gewöhnliche Unterhaltung handelte. Das Gespräch, an dem mindestens zwei Frauen und ein Mann teilnahmen, hörte sich nach einer Auseinandersetzung an. Die Fahrgäste redeten durcheinander und wirkten aufgebracht.

Was war da los? Wenn er sich nicht täuschte, kamen die Stimmen genau aus dem Abteil, in dem Vogt gestorben war. Da Dettmer keine entgegengesetzte Ansage machte, schob Clemens seinen Wagen langsam vorwärts. So lange, bis er einen Blick in die Kabine werfen konnte. Darin erkannte er mehrere Menschen, die einander in angespannter Haltung gegenüberstanden. Die Blicke des Mannes und der Frau auf der einen Seite waren auf eine kleine grauhaarige Frau gerichtet – und die hielt eine silberne Pistole in ihrer Hand.

Clemens fuhr erschrocken zurück und sah sich nach Dettmer um. »Da hat jemand eine Pistole«, sagte er gepresst.

Dettmer reagierte sofort und winkte Clemens zurück. Dann fuhr seine Hand unter den roten Mantel.

Melanie war verzweifelt, und auch Bruno neben ihr schien nicht zu wissen, was er tun sollte. Obwohl ihre Gegnerin alt und gebrechlich aussah, konnte sie ihre beiden Gegenüber mit zwei Schüssen aus kurzer Distanz mühelos töten. Diese Hilflosigkeit war für Melanie schier unerträglich. Noch nie hatte sie eine solche Angst ausgestanden.

Bruno redete ohne Unterlass auf die Frau ein, doch Melanie sah sich außerstande, selbst das Wort zu ergreifen. Selbst was Bruno sagte, blieb für sie ohne Sinn, denn es gelang ihr nicht, ihm zuzuhören. In ihren Ohren surrte und pfiff es wie bei einem Tinnitus. Sie suchte Halt an einer Kopfstütze, weil sie fürchtete, dass sie sonst umfallen würde.

»Nein!«, rief Bruno entschieden. »So kaltblütig sind Sie nicht. Sie werden nicht einfach unschuldige Menschen niederschießen.«

»Ich habe nichts mehr zu verlieren«, erwiderte die alte Frau eisern.

Nun verlor Melanie jede Hoffnung. Für sie war klar, dass die grauhaarige Alte keine Gnade kannte. Das war es also, ihr Leben war vorbei. Sie hatte nur noch Augen für die Pistole, das kleine tödliche Werkzeug in den Händen der Mörderin. So harmlos es auch aussehen mochte, fast wie ein Kinderspielzeug, wusste Melanie doch um seine Wirkung. Jeden Moment würde sich der erste Schuss lösen und sie oder Bruno vom Leben in den Tod befördern ...

Völlig unerwartet wurde die Tür aufgerissen. Melanie fuhr herum und sah – den Weihnachtsmann!

Mit einem lauten »Ho, ho, ho!« platzte er mitten in die Runde.

Melanie wusste nicht, wie ihr geschah, ebenso wenig wie offenbar die Alte, die den Eindringling überrascht anstarrte.

Der Weihnachtsmann schnellte vor, und ehe die Frau reagieren konnte, schlug er ihr die Pistole aus der Hand. Scheppernd fiel sie zu Boden, und mit seinem Fuß schob er sie zur Seite.

Melanie, die aufgeregt nach Luft schnappte, sah den entsetzten, fast verzweifelten Ausdruck im Gesicht der alten Frau. Dann bemerkte sie, dass ihr Retter selbst bewaffnet war: Unter seinem Mantel zog er eine wesentlich größere, mattschwarze Pistole hervor. Aus dem Augenwinkel bemerkte Melanie im Gang des Waggons einen weiteren Mann. Der Uniform nach zu urteilen handelte es sich um den Verkäufer, der mit seinem Rollwagen im Zug unterwegs war.

Der Weihnachtsmann schob sich an Bruno vorbei, der ihm im Weg stand, drängte die alte Frau in die Ecke und zwang sie mit vorgehaltener Pistole, sich zu setzen. Sofort entriss er ihr die Handtasche und schüttete den Inhalt auf den freien Sitz neben ihr. Wohl um zu prüfen, ob sich darin eine weitere Waffe befand, vermutete Melanie.

Ohne die alte Frau aus den Augen zu lassen, richtete der Weihnachtsmann das Wort an die anderen: »Mein Name ist Dettmer, ich bin Polizeihauptmeister. Sie sind jetzt in Sicherheit. Beim nächsten Halt kommt Verstärkung an Bord. Bitte beruhigen Sie sich, alles wird gut.«

Alles wird gut – Melanie nahm diese Worte mit einem Gefühl tiefster Erleichterung auf. Das war Rettung in der allerletzten Sekunde gewesen! Sie suchte den Blickkontakt zu Bruno, lächelte ihm zu.

Doch Bruno wirkte alles andere als erlöst, in seinem Gesicht stand noch immer blankes Entsetzen. Mit halb geöffnetem Mund hob er den Arm und deutete auf den Snackverkäufer.

Jetzt sah auch Melanie hin und schrie auf. Ihr Herz schlug bis zum Hals, denn der Mann hatte sich nach etwas gebückt und es aufgehoben. Nun hielt er die kleine silberne Pistole in der Hand und richtete sie gegen den Polizisten im Weihnachtsmannanzug.

»Waffe weg!«, schrie der Verkäufer ihn an.

Melanie sah, wie der Polizeihauptmeister, dessen Pistole noch immer auf die alte Frau gerichtet war, erstarrte.

»Eine falsche Bewegung, und ich drücke ab!«, warnte der Verkäufer mit sich überschlagender Stimme.

Dieser Mann hatte offenbar den Verstand verloren.

Melanie war angst und bange, als sie beobachtete, dass der Polizist den Griff um seine Waffe lockerte, sich bückte und sie auf dem Boden ablegte.

»Na also«, sagte der Verkäufer, kam näher und versetzte der schwarzen Handfeuerwaffe einen Fußtritt, sodass der Polizist nicht mehr an sie herankam.

Melanie versuchte verzweifelt, zu begreifen, was gerade vor sich ging, doch sie hatte nicht den Ansatz einer Vorstellung. Sie wusste nur eines: Irgendetwas lief hier gerade völlig schief!

»Was wollen Sie damit erreichen, Clemens?«, blaffte der Polizist den Verkäufer an, kaum dass er sich von seinem Schrecken erholt hatte. »Sie machen bloß alles noch schlimmer.«

»Schlimmer kann es doch gar nicht werden, oder?«, gab der Verkäufer namens Clemens zurück.

Polizist Dettmer sah ihn beschwörend an. »Seien Sie nicht dumm! Okay, Sie haben Ihre Chance genutzt und sich die Pistole geschnappt. Aber was wollen Sie damit anfangen? Sie können nicht gleichzeitig auf uns alle schießen. Treffen Sie einen von uns, werden die anderen Sie überwältigen.«

Clemens' Hand begann zu zittern. Zwar drückte sein von Zorn zerfurchtes Gesicht noch immer Entschlossenheit aus, doch nagten die Worte des Polizisten sichtbar an ihm. »Wenn ihr euch ruhig verhaltet, passiert euch nichts.«

»Ruhig verhalten?«, wiederholte Dettmer. »Wie lange denn? Bis Sie die Notbremse gezogen haben, um zu türmen?«

»Seien Sie still!«, befahl Clemens.

Doch Dettmer dachte gar nicht daran. »Warum tun Sie es nicht gleich? Ziehen Sie doch die Bremse!« Er streckte den Zeigefinger aus. »Sie ist gleich hinter Ihnen an der Wand.«

Kurz wandte Clemens seinen Blick ab, um sich nach der Notbremse umzudrehen. Ein entscheidender Fehler! Sofort schoss Dettmer vor und stürzte sich auf ihn. Die Männer rangen um die kleine Pistole.

Melanie drückte sich in die hinterste Ecke des Abteils. Auch Bruno versuchte auszuweichen, während die alte Frau ermattet auf ihrem Sitz verharrte. Angstvoll verfolgte Melanie die Auseinandersetzung der Kontrahenten. Kräftemäßig schienen sie beide nicht weit auseinanderzuliegen. Keiner schenkte dem anderen etwas. Der Ausgang des Kampfes schien völlig offen.

Offenbar angelockt durch den Lärm tauchte nun ein weiterer Fahrgast an der Tür auf. Melanie erkannte ihn sofort: Herr Humbold, der Eisenbahnfan! Der alte Herr blickte verwirrt auf das Geschehen. Melanie dachte kurz daran, ihn zu warnen und fortzuschicken. Doch dann sah sie Dettmers Dienstwaffe auf dem Boden liegen, ganz dicht vor dem Eingang. Für Humbold, der noch im Gang stand, zum Greifen nahe!

Melanie schaffte es, ihre Angststarre zu überwinden.

»Die Pistole!«, brüllte sie hektisch winkend. »Nehmen Sie die Pistole!«

Und tatsächlich: Humbold verstand! Während die beiden Männer noch rauften, bückte er sich nach der Waffe und hob sie auf. Dann packte er sie fest mit beiden Händen und zielte damit auf die Kämpfenden.

»Aufhören!«, rief er. Und noch einmal energischer: »Hören Sie sofort auf!«

Die Männer lösten sich voneinander und sahen den Neuankömmling an.

»Werfen Sie Ihre Pistole zu mir herüber«, befahl Humbold, der die Situation offenbar gut im Griff hatte.

Clemens wollte sich zunächst nicht fügen, kapitulierte aber angesichts der mächtigen Schusswaffe, die Humbold direkt auf seine Brust gerichtet hielt. Er schleuderte die silberne Pistole in den Flur, wo Humbold sie sofort auflas und in seiner Jacketttasche verschwinden ließ.

Melanie atmete auf. Zum zweiten Mal in kurzer Folge war sie nur knapp dem Tode entronnen. Was für eine Achterbahnfahrt der Gefühle. Sie spürte, wie sich ihr Herzschlag beruhigte. Auch ihr Atem ging nun wieder langsamer.

Sie rechnete damit, dass Humbold die Dienstwaffe als Nächstes an Dettmer übergeben würde. Dieser streckte mit den Worten: »Danke für Ihren Einsatz, ich bin Polizeibeamter«, auch schon seine Hand danach aus.

Humbold aber hielt die Waffe weiter ins Abteil gerichtet. »Zurück!«, rief er zu Melanies Erstaunen. »Alle zurück, ganz nach hinten, bis zum Fenster!«

Melanie erschrak. Was hatte das nun wieder zu bedeuten? Weshalb tat Humbold das? Weil er nicht wusste, wem er glauben konnte und wem nicht? Oder drehten jetzt alle durch? Welch ein Wahnwitz!

Humbold wartete, bis sich alle im hinteren Teil des Abteils versammelt hatten. Sie standen jetzt dicht an dicht. Dann trat er selbst in die Kabine, löste eine Hand von der Pistole und streckte sie aus, die Handfläche nach oben.

»Und nun heraus damit! Geben Sie sie mir«, forderte er. »Ich weiß genau, dass einer von Ihnen sie hat. Also rücken Sie sie raus.«

Melanie sah ihn erstaunt an. Was wollte der Mann von ihnen? Sie verstand seine Aufforderung nicht.

Da auch keiner der anderen dem Befehl nachkam, wurde Humbold ungeduldig: »Ihr könnt mir nichts vormachen! Wer von euch hat sie sich unter den Nagel gerissen? Ich will sie haben. Auf der Stelle!«

Bruno konnte nicht begreifen, was sich da vor seinen Augen abspielte. Immer wieder veränderte sich die Lage und spitzte sich dabei mehr und mehr zu. Außer ihm, Melanie und dem Polizisten schien jeder in diesem Abteil etwas mit Vogts Tod zu tun zu haben. Zugleich verfolgte jeder offenbar ein eigenes Ziel, und er oder sie tat es mit tödlicher Entschlossenheit. Das Ganze war dermaßen konfus, dass Bruno sich außerstande sah, selbst etwas zu unternehmen. Auf wessen Seite sollte er sich schlagen? Im Augenblick vertraute er eigentlich niemandem mehr, nicht einmal Melanie.

Zur Tatenlosigkeit verdammt beobachtete er, was da vor sich ging. Wie die anderen auch, richtete er seine Aufmerksamkeit auf den seltsamen kleinen Mann, der aussah wie ein aus der Zeit gefallener Gelehrter. Schmächtig und harmlos – wäre da nicht die Pistole in seiner Faust.

Humbold ließ seine Blicke wandern. »Wie schön!«, rief er mit lebhaftem Mienenspiel. »Jetzt haben wir alle beisammen.«

Was meinte er damit? Bruno sah zu Melanie, doch die starrte nur angstvoll vor sich hin.

»Machen wir es kurz, bis Nürnberg ist es nicht mehr weit, und bis dahin möchte ich alles erledigt haben.« Humbold richtete den Lauf zunächst auf die alte Frau, dann nacheinander auf jeden anderen im Abteil.

»Ich frage euch jetzt das letzte Mal: Wer von euch hat sie? Wenn ihr schlau seid, rückt ihr sie heraus, und ihr kommt davon.«

»Wovon reden Sie eigentlich, Mann?«, blaffte Dettmer ihn an.

»Sie wissen es nicht?«, entgegnete Humbold. »Jeder andere aber schon, oder?«

Bruno vergegenwärtigte sich das wenige, was ihm über Vogt bekannt war, und ahnte allmählich, auf was Humbold aus war. Allerdings hatte er keine Ahnung, welche Rolle Humbold in diesem Spiel verkörperte.

»Die Brosche, verdammt!«, sprach Humbold jetzt Klartext. »Einer von euch muss sie eingesteckt haben. Denn hier, in Vogts Abteil, ist sie nicht mehr, und die Leute, die seine Leiche aus dem Zug getragen haben, hatten keine Ahnung, was ich meinte, als ich sie danach gefragt habe.«

Jetzt ist es raus, dachte Bruno und sah abermals in Melanies Richtung. Noch wusste er nicht, weshalb Humbold hinter dem Schmuckstück her war, und auch nicht, wie Humbold reagieren würde, wenn er die Brosche bekam. Bruno wartete gebannt darauf, was Melanie tun würde. Ob sie ihm die Brosche aushändigte? Es sah nicht so aus …

»Was hat es mit dieser Brosche auf sich?«, wollte Dettmer wissen.

Ein böses Lächeln huschte über Humbolds Lippen. »Das möchten Sie gern wissen, ja? Geben Sie sie mir, dann verrate ich es Ihnen.«

»Von dieser Brosche höre ich gerade das erste Mal«, stellte Dettmer klar. »Jetzt sagen Sie schon: Warum sind Sie so scharf darauf?«

Bruno war gespannt, ob Humbold sich dazu hinreißen lassen würde, seine Geschichte zu erzählen. Hoffentlich, denn auch Bruno wollte endlich erfahren, worum es bei diesem Drama eigentlich ging.

Humbold musste spüren, dass er mit bloßen Drohungen nicht weiterkam, und packte aus: »Im Frühsommer habe ich Dr. Vogt auf einer Fahrt im *Deccan Odyssey-Train* kennengelernt. Reisen wie einst die indischen Herrscher in einem Palast auf Rädern, ein unvergessliches Erlebnis«, erläuterte er so wortreich, wie Bruno ihn kennengelernt hatte. Die Pistole behielt er indes fest in seiner Hand. »Bei einem Zwischenstopp hat Vogt die Brosche erworben, aber weder der Verkäufer noch er selbst erkannten den Wert des eingearbeiteten Steins.«

»Sie aber schon?«, fragte Bruno.

»Ja«, lautete die prompte Antwort. »Ein Saphir in außergewöhnlicher Reinheit. Sehr kostbar und bildschön. Sie müssen wissen: Blaue Saphire wie dieser sind als Schmucksteine sehr begehrt. In einer solchen Größe ist dieser Saphir ein Vermögen wert.«

Bruno hörte diese Worte mit Erstaunen. Er hatte bisher nur einen flüchtigen Blick auf die Brosche mit dem eingearbeiteten Edelstein geworfen und das Stück als Modeschmuck abgetan. Jetzt wusste er es besser. Ein echter Saphir also.

»Schon in Antike und Mittelalter war dieser Stein hoch angesehen, auch wurden ihm heilende Wirkungen nachgesagt«, fuhr Humbold mit leuchtenden Augen fort. »Wegen seiner großen Härte ähnlich der eines Diamanten galt der Saphir auch als ein Stein für die Ewigkeit. Mir war sofort klar: Ich muss diesen Stein haben!«

Nach einer kurzen Pause redete er weiter: »Leider bemerkte Vogt mein Interesse und schnappte ihn mir vor der Nase weg. Aus schierer Bosheit, weil er ihn mir nicht gönnte. Sie müssen wissen: Vogt war ein ausgesprochen besitzergreifender Zeitgenosse, raffgierig durch und durch. Dabei hatte er nicht den leisesten Schimmer, welchen Schatz er gehoben hatte. Genauso wenig übrigens wie der Inder, der ihm den Saphir für einen lachhaften Preis überließ. Beide gingen davon aus, es handele sich um farbiges Glas. Doch ich wusste es besser – und hütete meine Zunge. Bis heute.« Er hielt die Pistole wie einen drohenden Zeigefinger vor sich. »Bedauerlicherweise ließ sich Vogt nicht dazu überreden, die Brosche an mich abzutreten. Stattdessen wollte er das Schmuckstück, weiterhin in Unkenntnis seines Wertes, als Weihnachtsgabe seiner Schwester überlassen. Ich erfuhr, dass er eine Fahrkarte für diesen Zug gekauft hatte, konnte also davon ausgehen, dass er die Brosche bei sich trug. Mir war klar: Meine letzte Chance, sie mir zu holen, ist heute Abend. Deshalb habe ich ebenfalls ein Ticket gelöst, Vogt vor der Abfahrt in Hamburg abgepasst und ihn auf eine Tasse Glühwein eingeladen. In dem Wein war ein Schlafmittel, und so hoffte ich, mir die Brosche bald nach der Abfahrt unter den Nagel reißen zu können. Wider Erwarten war Vogt nicht allein in seinem Abteil. Diese zwei Grazien hier leisteten ihm Gesellschaft, obwohl der Zug so leer ist, dass jede sich ein eigenes Abteil nur für sich allein hätte nehmen können. Aber das taten sie nicht. Leider. Also musste ich warten. Und dann kam ohnehin alles anders ...«

Bruno traute seinen Ohren kaum. Hatte sich die ganze Welt gegen Vogt verschworen? Doch während sich die Beweggründe der alten Frau zumindest noch nachvollziehen ließen, trieb Humbold schieres Besitzstreben – die gleiche Raffgier, die er Vogt unterstellte.

»Ich muss diesen Saphir einfach haben!« Die blanke Gier stand ihm in den Augen. »Sie fragen sich vielleicht, warum gerade diesen? Wegen des höchst seltenen Katzenaugeneffekts! Er entsteht durch Einlagerungen und macht ihn so einzigartig.«

Bruno konnte sich ausmalen, dass Humbold über Leichen gehen würde, um sich den begehrten Stein anzueignen. Die Lage spitzte sich zu.

»Jetzt wissen Sie es«, endete Humbold und streckte den Arm mit der Waffe aus. »Machen wir es kurz: Wenn ich den Saphir nicht binnen zehn Sekunden habe, wird der oder die Erste von Ihnen sterben.« Mit diesen Worten richtete er die Mündung auf die alte Frau.

Bruno suchte erneut den Blickkontakt zu Melanie. Es war an der Zeit, dass sie handelte und Humbold die Brosche aushändigte. Er konnte nicht begreifen, warum sie nicht längst reagiert hatte.

Als er aber Melanies apathisches Starren bemerkte, wurde ihm bewusst, dass sie gar nicht dazu fähig war, etwas zu tun. Sie stand unter Schock!

»Zehn, neun, acht ...«, begann Humbold herunterzuzählen.

Bruno spürte den Druck, etwas zu unternehmen. Er musste verhindern, dass Humbold seine Drohung wahr machte. Unbedingt! Aber wie? Er durfte doch nicht einfach auf Melanie zeigen und sagen: »Sie ist es, nach der Sie suchen! Sie hat die Brosche!« Womöglich würde Humbold dann Melanie niederschießen ...

»... fünf, vier ...«

Ihm blieb keine Zeit für lange Spekulationen. Bruno musste unverzüglich handeln. Ohne weiter darüber nachzudenken, hob er die Hand und rief: »Stopp! Ich weiß es. Ich kann Ihnen sagen, wo Sie die Brosche finden.«

Humbold hörte sofort auf zu zählen. Ganz ruhig wandte er sich Bruno zu und fixierte ihn durch die dicken Gläser seiner Brille. »Ach ja?« Er kam näher. »Dann verraten Sie es mir: Wo haben Sie meinen Saphir versteckt?«

Mit Bangen verfolgte Bruno, wie sich der Lauf der Waffe zu ihm hindrehte. Händeringend suchte er nach Worten. Nach einer Lüge, mit der er Humbold hinhalten konnte. Zumindest so lange, bis Polizist Dettmer eine Chance bekam, Humbold zu überwältigen. Doch angesichts der unmittelbaren Bedrohung versagte ihm die Stimme. Sosehr er sich auch bemühte, Bruno brachte keinen weiteren Ton heraus.

»Ein Bluff, was?«, fragte Humbold. »Sie wollten mich ablenken. Auf Zeit spielen.« Ein aggressiver Zug legte sich um seinen Mund. »Wen wollen Sie damit schützen? Die alte Frau etwa?« Während er auf eine Antwort wartete, sah er Bruno lauernd an. »Oder ist es die junge, für die Sie gerade Kopf und Kragen riskieren?«

Verflucht! Jetzt passierte genau das, was Bruno mit seiner Einmischung hatte verhindern wollen. Die Aufmerksamkeit seines Widersachers verlagerte sich auf Melanie.

Bei Bruno ertönten alle Alarmglocken, als Humbold die Pistole nun zu Melanie schwenkte.

»Sie haben die Brosche?«, hörte er ihn sagen, und für Bruno klang es, als käme die Stimme aus einem anderen Universum. Seltsam gedämpft und gleichzeitig hallend. Das Blut, das durch seinen Gehörgang rauschte, spielte seinen Ohren einen Streich.

»Her damit!«, befahl Humbold und rückte Melanie auf den Leib. »Schluss mit den Spielchen. Ich will den Saphir. Jetzt sofort!«

Bruno sah, wie Melanie erschrocken zusammenfuhr. Wie sie unsicher in die Tasche ihrer Strickjacke langte.

Tu es nicht!, flehte Bruno innerlich. Wenn Humbold erst einmal hat, was er will, ist er unberechenbar.

Doch Melanie tat es. Langsam zog sie die Hand wieder aus der Tasche, und die Schatulle kam zum Vorschein. Melanie ließ sie aufklappen. Nun konnte jeder die Brosche sehen. In dem großen eingearbeiteten Stein fing sich funkelnd das Licht der Deckenlampe.

»Wunderschön«, hauchte Humbold andächtig. Seine Augen leuchteten in dem Bewusstsein, dass er den Saphir nun endlich in seinen Besitz bringen konnte. »Geben Sie mir die Brosche.«

Melanie streckte den Arm aus. Dabei zitterte sie so stark, dass ihr die Schatulle mitsamt der Brosche über die Handfläche rutschte.

»Passen Sie doch auf!«, fuhr Humbold sie an. »Um Himmels willen, lassen Sie sie nicht fallen!«

Zu spät! Bruno sah, wie Melanie das Schmuckstück entglitt. Humbolds freie Hand schoss instinktiv nach vorn, um die Brosche aufzufangen.

Doch er verfehlte sie, und plötzlich änderte sich alles. Der eben noch verunsichert im Hintergrund stehende Snackverkäufer machte einen beherzten Satz nach vorn und schlug Humbold die Pistole aus der Hand.

Humbold, von dem Überraschungsangriff völlig überrumpelt, wusste nicht, ob er zuerst die Waffe oder die Brosche aufheben sollte. Sein sekundenkurzes Zögern reichte wiederum Polizist Dettmer, um sich auf ihn zu stürzen und ihm auch die zweite Waffe wegzunehmen. Ohne große Mühe überwältigte er den alten Mann und drängte ihn auf einen der Sitze zurück. Nun war auch Bruno wieder geistesgegenwärtig genug, um Dettmers Pistole sicherzustellen, sodass kein anderer danach greifen konnte. Er händigte sie Dettmer aus. Die Situation war damit unter Kontrolle.

Im nächsten Moment fiel Melanie ihm in die Arme und begann herzergreifend zu schluchzen. Bruno spürte, wie der Stoff seines Hemds von ihren Tränen durchweicht wurde.

Das Spiel war aus.

Durch das Fenster schienen die Lichter der Stadt, als der Zug nun in Nürnberg einfuhr. Dort wartete sicherlich schon Dettmers Verstärkung. Die würde er brauchen, dachte Bruno, während er Melanie übers Haar strich und sich sein Puls allmählich beruhigte. Denn so viele Handschellen, um drei Täter abzuführen, hatte der Polizeihauptmeister bestimmt nicht dabei.

»Herrje! Was ist denn hier los?« Der Zugchef tauchte auf und steckte seinen Kopf ins Abteil, gefolgt von seiner Kollegin mit dem Nasenring. Die Bahnangestellten waren wieder einmal reichlich spät dran, stellte Bruno mit feinem Schmunzeln fest. Aber darauf kam es jetzt nicht mehr an, denn hier hatten sie bereits alles im Griff.

Als er draußen eine Werbetafel mit Motiven des Nürnberger Christkindlesmarktes auftauchen sah, keimte Hoffnung in ihm auf, dass dieser Heiligabend doch noch glücklich enden würde.

NÜRNBERG

DER HALT IN NÜRNBERG DAUERTE DEUTLICH länger als vorgesehen. Melanie schätzte, dass es ungefähr ein Dutzend Polizisten sein musste, die sich am Bahnsteig versammelt hatten und zustiegen, sobald der ICE zum Stillstand gekommen war. Ihr ging die Frage durch den Kopf, wo die vielen mit dunklen Uniformen und Schlagstöcken ausgerüsteten Beamten alle herkamen. Ob sie wohl fluchten, dass sie aus den Weihnachtsfeierlichkeiten mit der Familie gerissen worden waren?

Ihre an Panik grenzende Aufregung hatte sich inzwischen weitgehend gelegt. Zwar hatte ihr das Tempo, mit dem sich die Ereignisse seit dem letzten Stopp in Würzburg schier überschlagen hatten, ziemlich zugesetzt. Und die Erinnerung daran, dass sie sich mit Bruno in Lebensgefahr befunden hatte, dass zum ersten Mal in ihrem Leben jemand eine geladene Pistole auf sie gerichtet hatte, ließ sie im Rückblick immer wieder erschauern. Doch nun war der Spuk vorbei, und sie beobachtete aus sicherer Distanz, wie die martialisch hochgerüsteten Polizisten die drei Tatverdächtigen einen nach dem anderen verhafteten.

Zunächst ließen sich die Neuankömmlinge von ihrem Kollegen im Weihnachtsmannkostüm briefen, um anschließend den äußerst geknickten Humbold sowie kurz darauf die sich heftig sträubende alte Dame abzuführen, deren Namen Melanie immer noch nicht kannte. Aber egal, sie hoffte inständig, der Frau nie mehr im Leben begegnen zu müssen. Ebenso wenig wie dem sonderbaren Eisenbahn-Freak Humbold.

Dann holte Polizeihauptmeister Dettmer noch den Snackverkäufer Clemens aus dem Abteil. Bei ihm machte er vor der Übergabe an die Kollegen deutlich mehr Worte als bei den beiden anderen. Leider stand Melanie zu weit entfernt, um zu verstehen, was er über den gedrückt wirkenden Clemens erzählte. Was gab er den Kollegen wohl mit auf den Weg? Eine Warnung, wie unberechenbar Clemens war? Oder legte er etwa ein gutes Wort für ihn ein? Gern hätte sie mehr darüber gewusst.

Im Gegensatz zu Humbold und der alten Dame tat Clemens ihr leid. Dieser lange, dünne Mann mit dem traurigen Dackelblick, dachte Melanie, hätte Nachsicht verdient. So wie sie es sah, war er an diesem Abend in etwas hineingeraten, was er so nicht gewollt und schon gar nicht geplant hatte. Eine unglückliche Verkettung von Ereignissen. Sie wusste nicht viel über diesen unbeholfen und glücklos agierenden Mann, der mit seinem Angriff auf den Zivilpolizisten beinahe alles verspielt hatte. Doch eines war gewiss: Clemens hatte sie alle gerettet, als es wirklich darauf ankam. Das sprach doch für ihn, oder etwa nicht? Sie fand, er sollte eine zweite Chance bekommen.

Melanie war drauf und dran, auf die Polizisten zuzugehen und sich persönlich für Clemens einzusetzen. Doch sie konnte sich nicht dazu überwinden, es entsprach nun mal nicht ihrem Naturell. Außerdem war sie unschlüssig, ob sie mit ihrem Impuls nicht doch falschlag. Denn möglicherweise entsprang ihr Mitgefühl nur der Tatsache, dass heute Heiligabend war – ein Datum, das Barmherzigkeit regelrecht einforderte.

»Du wirkst so nachdenklich«, sprach Bruno sie an, der ihr seit dem Drama in Vogts Abteil kaum mehr von der Seite gewichen war. »Mach dir keine Sorgen, es ist vorbei. Jetzt kann uns nichts mehr passieren.« Er fasste sie am Ellbogen. »Lass uns in den Speisewagen gehen, der Zugchef möchte uns für die Strapazen entschädigen.«

»Müssen wir nicht noch unsere Aussagen machen?«, fragte Melanie erstaunt.

»Nein, dafür haben wir Aufschub bekommen. Die Polizei hat unsere Personalien und wird sich bei jedem von uns melden. Um alles andere kümmert sich Dettmer, der in den entscheidenden Momenten ja selbst dabei gewesen ist und das Geschehen aus erster Hand zu Protokoll geben kann.«

»Das ist gut«, sagte Melanie erleichtert, »eine Schonfrist für meine Nerven kann ich jetzt sehr gut brauchen.«

Sie erreichten den Speisewagen, in dem besinnliche Stille herrschte. Was sich in Wagen 8 ereignet hatte, konnte der friedvollen Stimmung offenbar nichts anhaben. Melanie kam dieser Zugteil inzwischen wie ein Ort der Geborgenheit vor. Bei ihrem letzten Aufenthalt hier hatte sie ein intimes und aufschlussreiches Gespräch mit Bruno geführt, sie waren einander nähergekommen und hatten dabei gut gegessen. Für Melanie waren diese Momente rückblickend gesehen eine Art Ruhepause gewesen, die Möglichkeit, durchzuatmen, ehe sich die Ereignisse erneut überschlugen.

Ihr fiel auf, dass Bruno gar nicht mehr auf seine Armbanduhr sah, was er in den Stunden zuvor in regelmäßigen Abständen getan hatte. Wahrscheinlich war es ihm mittlerweile gleichgültig, wann sie den Münchner Hauptbahnhof erreichten. Denn diese Nacht würde er ohnehin kein Auge mehr zubekommen. Ihr ging es ja nicht anders, daher hatte sie ihrer Freundin Nina eine WhatsApp-Nachricht geschrieben, sie solle nicht länger aufbleiben und auf sie warten. Melanie werde sich schon bemerkbar machen, wenn sie endlich eintraf.

Die übrigen Plätze im Speisewagen waren unbesetzt, lediglich der kochende Kellner und seine Kollegin hatten die Stellung gehalten und grüßten sie mit freundlichem Nicken. Kurz darauf kam der Zugchef und forderte Melanie und Bruno auf, sich einen Tisch auszusuchen.

Melanie entschied sich spontan für den, an dem sie zuvor bereits gesessen und das köstliche Weihnachtsmenü genossen hatten. Dabei kam ihr in den Sinn, dass sie das angekündigte Dessert wegen ihres überstürzten Aufbruchs ausgelassen hatten.

Sie wandte sich an den schon bereitstehenden Kellner und erkundigte sich: »Ist von der Rotweinbirne mit Trockenfrüchten noch etwas zu haben?«

»Aber gern!«, antwortete der Kellner mit einem freudigen Lächeln im Gesicht. »Für Sie und den Herrn? Kommt sofort!«

»Für mich auch bitte, Bernd«, rief ihm der Zugchef nach. »Und gönnt euch doch selbst auch eine Portion. Hol Rosi aus der Küche, dann machen wir es uns in der letzten Stunde bis München gemütlich.«

Wie schön, dachte Melanie und tastete unter dem Tisch

nach Brunos Hand. Als sie sie fand, hielt sie sie fest und verspürte den Wunsch, nie wieder loszulassen.

Der Zugchef, der sich ihnen als Werner mit seinem Vornamen vorstellte, setzte sich zu ihnen. »Eines kann ich Ihnen verraten: In all den Jahren auf Achse habe ich vieles erlebt. Schöne Dinge und weniger schöne. Aber so etwas wie heute? Nein, das gab es noch nie.«

»Das kann ich mir denken«, sagte Bruno und drückte Melanies Hand. »Ich hatte mir diesen Abend auch anders vorgestellt.«

»Umso schöner, dass jetzt alles vorüber ist«, meinte Werner und lehnte sich erschöpft zurück. »Im Hotel werde ich mir einen Grog gönnen: heißen Tee und einen ordentlichen Schuss Rum dazu. Das wärmt und ist gut fürs Nervenkostüm. Morgen Mittag gehts dann zurück nach Hamburg.« Er sah Melanie und Bruno aufmerksam an. »Und was haben Sie noch vor?«

Gute Frage, dachte Melanie und warf Bruno einen erwartungsvollen Blick zu.

Clemens ließ alles widerstandslos geschehen. Er war viel zu müde. Was auch immer nun folgte, es sollte ihm recht sein. Das Heft des Handelns lag nicht mehr in seinen Händen, sondern bei dem, der ihn geschnappt hatte: Polizeihauptmeister Dettmer. Und der war gerade dabei, ihn an die Kollegen von der Nürnberger Polizei zu übergeben.

Aus nächster Nähe hatte er verfolgen können, wie die Polizisten erst den Eisenbahnfan, der so scharf auf diese offenbar wertvolle Brosche gewesen war, einkassiert hatten und gleich danach die alte Frau, die sich mit Händen und Füßen dagegen wehrte. Was diese so harmlos wirkende Dame verbrochen haben sollte, hätte Clemens allerdings beim besten Willen nicht sagen können. Überhaupt war ihm vieles von dem, was sich ereignet hatte, bislang ein Rätsel geblieben.

Als Nächster war er an der Reihe, daran gab es für Clemens überhaupt keinen Zweifel. Sie würden ihm die Hände hinter dem Rücken fixieren und ihn wie einen Schwerverbrecher abführen. Und das hatte er ja auch verdient, dachte er reumütig. Er hatte nicht nur einen Menschen umgebracht, auch wenn er das nicht gewollt hatte, sondern außerdem einen Polizeibeamten mit einer Waffe bedroht. Also würde man ihn wohl zusätzlich als Geiselnehmer verurteilen. Vermutlich würde er für Jahre ins Kittchen wandern.

Mitten in seine düsteren Gedanken drang die klare, energische Stimme von Dettmer: »Stehen Sie nicht so krumm! Das gebührt sich nicht für einen Helden.«

Clemens traute seinen Ohren nicht. Was hatte Dettmer da gerade gesagt? Machte er sich etwa über ihn lustig? Reichte es nicht, dass Clemens' Leben zerstört war, musste dieser Kerl jetzt auch noch auf seinen Gefühlen herumtrampeln? Trotzdem nahm er gehorsam und wie von selbst eine aufrechte Haltung ein und blickte den Polizisten fragend an.

»Schon besser«, meinte Dettmer und nahm ihn fest ins Auge. »Hören Sie mir jetzt genau zu: Ich kenne meine Klientel und weiß, wann ich es mit einem echten Kriminellen zu tun habe und wann jemand ohne eigenes Verschulden in etwas hineingeraten ist. Bei Ihnen ist das so eine Sache: Es lässt sich nicht leugnen, dass Sie Mist gebaut haben. Einen großen Haufen Mist sogar!«

Prompt sackte Clemens wieder in sich zusammen.

»Stehen Sie gerade«, forderte Dettmer ihn erneut auf und achtete darauf, dass seine Kollegen außer Hörweite waren. »Was ich sagen will, ist Folgendes: Dass Sie demjenigen, den Sie für Ihren wirtschaftlichen Ruin verantwortlich machen, ein Abführmittel verabreicht haben, dürfte für Sie keine weitreichenden Folgen haben. Ehrlich gesagt kann ich mir nicht vorstellen, dass dieser Streich in irgendeiner Weise mit dem Tod von Herrn Vogt zu tun hat. Auch wenn man das natürlich noch überprüfen muss.« Dettmers Stirn legte sich in Falten, als er fortfuhr: »Doch das mit der Waffe, die Sie an sich genommen haben, ist ein ganz anderes Kaliber. Mann, was für ein Teufel hat Sie denn da geritten? Ich würde sagen, es muss eine Art Blackout gewesen sein.«

»Blackout?« Clemens sah Dettmer unsicher an.

»Ja, ein Blackout, anders kann ich es mir beim besten Willen nicht erklären. Denn auf welcher Seite Sie wirklich stehen, haben Sie ja kurz darauf eindrücklich bewiesen, indem Sie diesen verrückten Humbold entwaffnet und die Bedrohungslage damit beendet haben. Sie waren unser Schutzengel, Clemens. Wir alle sind Ihnen dafür zu Dank verpflichtet.«

Clemens konnte es noch immer nicht glauben. Meinte Dettmer wirklich, was er sagte, oder waren das nur hohle Worte?

»Passen Sie auf, Clemens«, raunte Dettmer ihm nun zu. »Sie werden jetzt von uns in Gewahrsam genommen und noch heute Nacht verhört. Auch ich werde meine Aussage zu Protokoll geben. In Ihrem eigenen Interesse wäre es gut, wenn es zwischen diesen beiden Berichten keine allzu großen Diskrepanzen gäbe. Verstanden?«

»Also, äh …«

»Bleiben Sie unter allen Umständen bei der Wahrheit, und schildern Sie Punkt für Punkt, was sich heute Abend in diesem Zug abgespielt hat. Sagen Sie auch, dass Sie im Verlauf des Handgemenges eine Pistole aufgehoben haben. Aber jemanden damit zu bedrohen, das lag nicht in Ihrer Absicht. Verstanden?«

»Ich weiß nicht recht, was …«

»Verstanden?«, zischte Dettmer ihm zu.

Inzwischen kam einer der anderen Beamten auf sie zu.

»Ja klar, verstanden«, bestätigte Clemens. Er kämpfte mit jeder Menge widersprüchlicher Gefühle. »Warum tun Sie das für mich?«, fragte er schließlich und versuchte aus den Augen des anderen zu lesen.

»Sagen wir so: Es könnte am Datum liegen. An jedem anderen Tag wäre ich vielleicht nicht so großmütig«, sagte Dettmer und winkte einen der Kollegen zu sich.

»Der hier kommt auch mit«, sagte er zu ihm. »Er wird nur als Zeuge befragt, er gilt vorerst nicht als Tatverdächtiger.«

»In Ordnung«, sagte der andere und forderte Clemens auf, ihm zu folgen.

Clemens brauchte einige Sekunden, bevor seine Beine das taten, was sie sollten. Langsam lösten sich seine Beklemmungen, und er setzte einen Fuß vor den anderen.

MÜNCHEN

AM ZWEITEN WEIHNACHTSTAG SCHNEITE es noch immer. Wie ein samtener Mantel hatte sich der Schnee über Dächer und Plätze gelegt. Auch viele Nebenstraßen waren weiß überzogen, denn der Räumdienst kam kaum nach. Aber das machte nichts, fand Melanie. Der Schnee durfte ruhig liegen bleiben. Möglichst unberührt. Melanie fand das stimmungsvoll und romantisch. Die weihnachtliche Stille half ihr beim Ausspannen. Und beim Verarbeiten dessen, was sie an diesem Heiligabend durchgemacht hatte.

Angefangen beim Krach mit ihrem Freund Stephan, ihrer überstürzten Flucht und dem spontanen Entschluss, den ICE nach München zu nehmen, war dieser Tag völlig anders verlaufen, als sie es sich jemals hätte ausmalen können. Im Nachhinein kam ihr die Zugfahrt fast wie ein böser Traum vor. Total verrückt, was ihr alles widerfahren war! Und ein Wunder, dass sie so glimpflich davongekommen war.

Die Fahrt im »Santa-Express« war zu einem mörderischen Spiel geworden. Mit tödlichen Verwicklungen und aufregenden Situationen, an die sie sicherlich noch lange zurückdenken würde. Aber es lag nicht an dem ungewöhnlichen Kriminalfall allein, dass sie die Bahnreise nicht mehr losließ. Ganz nebenbei hatte diese Fahrt nämlich ihr Leben vollständig umgekrempelt und vieles auf den Kopf gestellt. Zwei Tage später war sie ein ganz anderer Mensch als vor diesen wilden Stunden im Zug.

Und das galt auch für Bruno, der neben ihr über den teilweise schneebedeckten Marienplatz schlenderte und den Arm um sie gelegt hatte. Alle paar Minuten blieben sie stehen, um einander tief in die Augen zu blicken und sich zu küssen.

Melanie fühlte sich wie im siebten Himmel. Mit Bruno hatte sie eine neue Liebe gefunden, und sie war sicher, dass es diesmal wirklich der Richtige war. Schon nach der kurzen Zeit, die sie sich nun kannten, wusste sie, dass es kein Zurück in ihr altes Leben geben konnte. Alles fühlte sich anders an, ihr war, als wäre sie endlich aus einem langen Schlaf erwacht. Das Zusammentreffen mit Bruno hatte ihr die Augen geöffnet: Ihre Beziehung zu Stephan hatte ihr schon sehr lange nicht mehr gutgetan. Jetzt würde sie endlich die notwendigen Konsequenzen ziehen und sich von Stephan trennen.

Ihr Gesichtsausdruck schien ihre Gedanken auch für Bruno offenzulegen, denn amüsiert sagte er: »Einen so entschlossenen Blick habe ich bei dir zuletzt im ›Santa-Express‹ gesehen, kurz bevor du geholfen hast, Humbold zu entwaffnen. Ich staune noch immer darüber, wie du es fertiggebracht hast, diesen Trick so cool durchzuziehen.«

»Und ich sage dir zum zehnten Mal, dass es keine Absicht war. Die Brosche ist mir einfach aus der Hand gerutscht, das Lob für die Rettung gebührt einzig und allein Clemens«, entgegnete Melanie und zog Brunos Kopf zu sich herunter. Der nächste Kuss war fällig.

Auf dem kurzen Weg zum Viktualienmarkt legten sie einen Halt bei einem Maronihändler ein. In dem hölzernen Stand bediente sie ein Mann, der sich einen dicken Schal bis zum unteren Rand der Mütze um Hals und Kopf gewickelt hatte. Er erinnerte Melanie entfernt an den Snackverkäufer aus dem Zug, über den sie gerade gesprochen hatte. Während Bruno ein Tütchen geröstete Esskastanien erstand, dachte sie über das nach, was sich nach ihrer Ankunft in München ereignet hatte.

Es war sehr spät gewesen. Beide hatten sich ein Taxi geteilt, das Bruno zu seinem Hotel in der Nähe seiner Familie und Melanie nach Unterföhring brachte, zu ihrer Freundin Nina, die den Haustürschlüssel in einem Pflanzkübel deponiert hatte. Melanie war sofort eingeschlafen und hatte Nina erst in den Mittagsstunden des ersten Weihnachtstages zu Gesicht bekommen. Zur selben Zeit hatte Bruno mit seinen Kindern beim Brunch gesessen.

Am Nachmittag dann hatte sie zusammen mit Bruno Vogts Schwester aufgesucht, das war Melanie ein großes Anliegen gewesen. Die Seniorin war noch immer sehr erschüttert über den plötzlichen Tod des Bruders, über den sie die Polizei noch in der Nacht zuvor informiert hatte, und froh, von Bruno und Melanie mehr über die näheren Umstände zu erfahren.

Die beiden berichteten ihr auch von dem unglückseligen Weihnachtsgeschenk, das ihr Bruder für sie vorgesehen und das im Zug für solche Turbulenzen gesorgt hatte. Melanie zeigte ihr ein Handyfoto des Schmuckstücks, denn die echte Brosche blieb erst einmal als Beweismittel in der Asservatenkammer der Polizei. Doch die alte Dame sah kaum hin und erklärte, sie wolle so ein Geschenk nicht haben, das bringe doch nur Unglück.

Vogts Schwester hatte sehr wohl verstanden, wie sehr sich Bruno und Melanie für die Aufklärung des Mordes eingesetzt hatten. Nun wandte sie sich an beide und sagte: »Behalten Sie die Brosche. Sie sind jung und können mit dem Geld, das Ihnen dieses Stück einbringt, mehr anfangen als eine alte Frau.«

Selbstverständlich lehnten sie ab.

»Kommt nicht infrage«, sagte Bruno. »Ihr verstorbener Bruder hat die Brosche für Sie erstanden, und wir sollten diesen Wunsch respektieren.«

»Sie wollen mir eine Freude bereiten? Dann sage ich Ihnen noch einmal: Behalten Sie das Schmuckstück, denn mich würde es nur immer an die Umstände von Bertrams Tod erinnern. Ich möchte sie nicht haben.«

»Bedenken Sie den Wert des Saphirs«, insistierte Bruno.

»Das Geld, das ich mit einem Verkauf erzielen könnte, würde meinen Bruder auch nicht wieder lebendig machen. Nein, ich bitte Sie inständig, dieses Geschenk anzunehmen. Wenn Sie den Schmuck nicht für sich selbst wollen, dann finden Sie gewiss eine sinnvolle Verwendung dafür.«

Melanie hatte noch den eigentümlichen Blick vor Augen, als die alte Dame auf ihrem Wunsch beharrte. Ein Blick, der Melanie an Herrn Vogt erinnerte: Scheinbar milde und gütig, doch dahinter verbargen sich feste Entschlossenheit und ein eiserner Wille. Schließlich hatten Melanie und Bruno zugestimmt, die wertvolle Brosche zu verkaufen und den Erlös für einen guten Zweck zu verwenden.

Während Melanie nun über diese Begebenheit nachdachte, kam ihr eine Idee. »Was meinst du: Wie viel könnte Vogts Saphir wirklich wert sein?«, fragte sie Bruno.

Der hob nachdenklich die Brauen. »Für solche Auskünfte bin ich definitiv der Falsche. Man müsste ihn schätzen lassen. Soweit ich weiß, wird der Wert nach Karat bemessen. Klar ist aber, dass der Saphir neben Rubin, Diamant und Smaragd zu den wertvollsten Edelsteinen der Welt zählt.«

»Ziemlich viel Geld also«, folgerte Melanie.

»Ich denke ja.«

»Geld, für das wir einen guten Zweck suchen müssen …« Melanie sah ihn mit schräg gelegtem Kopf an.

Bruno ließ ein feines Lächeln erkennen. »Ich kann mir denken, worauf du hinauswillst.«

Melanie nickte entschlossen und sagte: »Wir könnten das Geld Clemens, dem Snackverkäufer, zukommen lassen, als Starthilfe in ein neues, besseres Leben.« Inzwischen hatten sie nämlich erfahren, was Vogt mit seinem rücksichtslosen Verhalten dem armen Mann angetan hatte, und Melanie fand, dass ihr Lebensretter es allemal verdient hätte, durch den Verkauf des Saphirs wenigstens einen Teil seines verlorenen Geldes zurückzubekommen. Als eine Art Entschädigung und Wiedergutmachung.

Melanie war voller Optimismus, dass das Geld gut angelegt sein würde: Da Polizeihauptmeister Dettmer darauf verzichtet hatte, gegen Clemens vorzugehen, und in seinem Protokoll die Rachetat des Snackverkäufers kaum erwähnte, war der Weg in eine bessere Zukunft für ihn geebnet.

»Wie es aussieht, kommt Clemens mit einem blauen

Auge davon«, sagte sie. »Es muss allerdings noch geklärt werden, ob das, was er Vogt in den Kaffee getan hat, gefährlich war oder nicht.«

»Das Abführmittel?« Bruno winkte ab. »Ohne den Ermittlungen vorgreifen zu wollen, kann ich dir schon jetzt sagen, dass es wohl kaum für Vogts Tod verantwortlich sein kann. Diese Mittel sind in der Regel harmlos, ohne nennenswerte Auswirkungen auf das Herz-Kreislauf-System. Außerdem konnten die Tabletten noch gar nicht wirken, er hatte doch, nach allem, was du erzählt hast, seinen Herzanfall, noch ehe der Kaffee ausgetrunken war. Nein, Melanie, das, was Vogt getötet hat, war der Mangel an lebenswichtigen Medikamenten: Dadurch, dass er zuletzt bloß noch wirkungslose Placebos zu sich genommen hat, war sein Herz nicht mehr ausreichend geschützt.«

»Wenn Clemens also auf freien Fuß gesetzt wird, können wir ihm mitteilen, dass er Hilfe bekommen wird, sobald das Beweisstück freigegeben ist«, überlegte Melanie. »Dann liegt es an ihm, etwas daraus zu machen.«

»Ich kann mir gut vorstellen, dass Vogts Schwester dieser Verwendung zustimmen wird«, gab sich Bruno zuversichtlich. »Sie hat auf mich einen sehr aufgeschlossenen Eindruck gemacht.«

»Dann lass es uns so machen!«, entschied Melanie.

Bruno bemerkte nachdenklich: »Damit wäre der Saphir am Ende doch kein Unglücksbringer mehr – das wäre ein schönes Ende dieser Geschichte.«

»Ja, ein schönes Ende – und gleichzeitig ein wunderbarer Neubeginn«, sagte Melanie und umarmte Bruno überglücklich. »Ohne Vogt und seine Brosche hätten wir beiden uns nicht kennengelernt. Und so markiert dieser

Heiligabend auch einen neuen Anfang für zwei Menschen, deren Wege sich sonst kaum gekreuzt hätten. Das nennt man wohl Schicksal.«

Bruno und Melanie lagen sich in den Armen, und dicke Schneeflocken rieselten auf sie nieder, während ihre Lippen wieder zueinanderfanden.

»Frohe Weihnachten!«, wünschte ihnen ein Passant im Vorübergehen.

Ja, dachte Melanie glücklich.

Frohe Weihnachten.

DANKE …

… für ihre Unterstützung, für hilfreiche Tipps und wohlmeinende Kritik an Dr. Uwe Meier, Dr. Dieter Johannes, Christiane und Karsten Naumann, Dr. Rainer Mertens, Uta Rupprecht, Regine Schmitt und meine Familie.